パイロットフィッシュ

pilot fish

ohsaki yoshio
大崎善生

角川書店

CONTENTS

パイロットフィッシュ

ブックデザイン／鈴木成一デザイン室
写真／©ＩＰＳ

p.f. 1

人は、一度巡りあった人と二度と別れることはできない。なぜなら人間には記憶という能力があり、そして否《いや》が応にも記憶とともに現在を生きているからである。

人間の体のどこかに、ありとあらゆる記憶を沈めておく巨大な湖のような場所があって、その底には失われたはずの無数の過去が沈殿している。何かを思い立ち何かを始めようとするとき、目が覚めてまだ何も考えられないでいる朝、とうの昔に忘れ去っていたはずの記憶が、湖底から不意にゆらゆらと浮かび上がってくることがある。

それに手を伸ばす。

湖に浮かべられたボートから、手を伸ばす。しかし、ボートの上から湖の底が見えたとしてもそこに手が届かないように、沈殿している過去を二度とその手に取ることはできない。

どんなに掬《すく》っても掬っても、手の中には空しい水の感触が残るだけで、強く握ろうとすればするほど、その水は掌《てのひら》から勢いを増して零《こぼ》れ落ちていく。

しかし、手に取ることはできないかもしれないけれど、記憶はゆらゆらと不確かに、それでいて確実に自分の中に存在し、それから逃れることはできないのだ。

最近、僕がそんなことばかりを考えるようになったのは、おそらくは森本《もりもと》からの電話に原因があるのだと思う。

森本からの電話はこちらの都合など全く関係なく、つまり森本がかけたくなった時間にかかってくる。午後十一時のときもあれば、午前三時のときもあるし午前七時のこともあった。僕がまだ会社にいそうな時間帯には、会社にかかってくるのだ。

森本と僕は札幌の高校時代からの友人である。高校を卒業して、東京の同じ大学に進学した。森本は大手のカメラメーカーに就職して営業マンになった。それから二十年、彼は有能な社員として日本全国を転勤して回り、今は神戸にいる。

ところが一昨年の夏、つまり一九九八年の夏頃から森本の様子がおかしくなった。朝であろうと真夜中であろうと、会社で電話を受けた昼過ぎでさえも、いつも泥酔しているのである。

「なあ、山崎《やまざき》」と森本はたいてい呂律《ろれつ》のあやしい興奮した声で言った。

「なぜ、俺《おれ》がこんなに毎日毎日酒を飲んで、酔い続けていなきゃなんないかわかるか?」

僕も酒は好きだし、ほとんど毎日のように飲んではいるが、しかし森本のように朝から晩まで起きている間中酔い続けていなければならない理由はよくわからなかった。

「それはな、俺はつらいからだ。つらいんだよ。逃げたいんだ、逃げて逃げて、毎日逃げ出したいんだ。俺もお前も四十歳過ぎたよな、それで最近になってやっとわかったことがある。それはな、俺は人間の記憶力というものを甘くみていたということなんだ。わかるか山崎」

こんなとき、僕はたいてい何も言わずにただ森本の話を聞くだけにしていた。森本は僕の考えを聞きたい訳ではなくて、ただ自分のはまりこんでいる迷路の風景を言葉にして誰かに説明したいだけなのだろうと思ったからだ。

「二十歳の頃は俺もお前も生意気だった。おそらくは世間というものを舐《な》めきっていた。働いたり金を稼いだり地道に生活することをどこかで軽蔑《けいべつ》していた。小さな幸せを目指す生き方を否定していた。だから、酒場でサラリーマンや学生をよくバカにしたよな。それでな、それから二十年たって今になって気がついたことは、そんなふうに粋がって酒場で吐いた言葉がいまだに心のどこかに澱《おり》のように沈殿しているってことなんだ。そのときは、そんな罵倒《ばとう》の言葉を二十年後に覚えているなんて思わなかったさ。時とともにきれいさっぱり忘れ去っていると思いこんでいた。だけど、人間の記憶はそうはさせてくれない。そんな場面の細部にいたるまでを記憶していて、それが今になって自分を苦しめる。それから逃れるために俺は毎日酒を飲むんだ。二十年前に人を小バカにし、傷つけるために吐いた自分の言葉から逃れるために」

その夏の間は毎日のようにそんな電話が集中した。しかしある日、真夏の雨のようにそれは突然止まった。ポートアイランドから神戸市内へ向かうモノレールの中で、森本は大声を張り上げながら走り出し、駆けつけた警察官と大立ち回りを演じた。結局その場で検挙され、神戸市内の精神病院に運ばれてそのまま入院した。

重度のアルコール依存症で、しかも運の悪いことにそれは内臓だけではなく確実に森本の脳をも冒していたのだ。

*

午前二時に突然、部屋の電話が鳴ったとき、僕は反射的に森本からの電話ではないかと思った。森本からの電話は、ここ何カ月かはない。しかし、こんな不規則な時間の電話はどうしても森本を思い起こさせてしまうのである。

驟雨《しゅうう》のような森本からの電話が鳴り続けたあの頃から、僕は記憶あるいは人間の記憶力のことばかりを考えるようになっていた。それは一度聞いたら耳にこびりついて離れなくなる、単純でどこかもの哀しいレゲエの旋律のように、ふと気がつくとそのことを考えている自分がいるのである。

確かに森本の言うことにも一理あると、僕は思う。二十年も昔のほんのささいな口喧嘩《くちげんか》の場面が細部にいたるまで克明に蘇《よみがえ》ってくることがある。そのときの酒場のカウンターに置いてあった灰皿の色や形まで妙に鮮明に覚えていることに愕然《がくぜん》とするし、逃げ出せない何かを感じることがある。

記憶からは確かにそう簡単に逃げることはできない。無理にそうしようとすれば、やはり自分も森本と同じようにやがて自分のどこかを破壊するまで酒でも飲み続けるしかなくなるのだろう。

自分の内側に流れ続けるレゲエと同じで、どんなに忘れたい過去も、若さと感性だけで言い放った思い出したくもない浅はかで残酷な言葉も、自分の一部として生き続けていてそれだけを切り離すことは、不可能なのだ。

部屋の電話は何回か鳴り、そして僕の躊躇《ちゅうちょ》を見透かすように、それは切れた。九十センチ水槽の水換えを終えたところで、部屋の中心部に置かれたアクアリウムをぼんやりと眺めているときだった。

午前二時。部屋の窓から見渡せる西荻窪《にしおぎくぼ》の街は水を打ったように静まり返っていた。

足元ではロングコートチワワという種類の二匹の小さな犬たちが、他愛のない追いかけっこを繰り広げている。一方が一方の足をちょっとだけ噛《か》むと、踵《きびす》を返して全速力で逃げ出していく。それを噛まれた方の犬が部屋の隅まで追い詰めてちょっとだけ噛み返すと、それこそ脱兎《だっと》のように大袈裟《おおげさ》に逃げ出す。二匹の犬は飽きもせずにそんなことを繰り返していた。もう二歳の春になるというのにモモは一向に成長する気配がない。細く短い足をアニメーションのように高速で回転させて飛ぶように走る姿は何ともユーモラスで、子供の頃によく見た「トムとジェリー」というアメリカのアニメそのままだ。

遠くの方でかすかに救急車のサイレンが響いていた。その音のかそけさが、街の静けさを一層際立たせているように思えた。

水換えを終えたばかりの九十センチ水槽はまるで新しい命を吹き込まれたようにキラキラと光り輝いていた。僕はそれを眺め、ガラス面に少しだけこびりついた苔《こけ》をプラスチックの三角定規でこそげ落としたり、わずかに伸びすぎた有茎系の水草のトリミングをしたりと、手入れの最終段階に入っていた。

そのときにまた電話が鳴った。

完璧《かんぺき》に仕上げられた水槽の前でビールを飲んだり、とりとめのない考え事をしたりと、今からの数時間が自分にとって最もくつろげる幸せな時間なだけに、繰り返される電話のベルは僕の気分を滅入らせた。

出たくないときをまるで狙《ねら》いすましたように電話のベルは鳴る。

その電話が森本からのものではないことを、僕は直感していた。森本の電話は一度だけしつこい程にベルを鳴らし続け、そしてこちらが出ないとわかると二度は鳴らさない。しかし、今の電話は少し前にかかってきて一度切れ、また鳴り出した。

午前二時に、酔っ払っている森本以外に僕に用事のある人間がいるかどうかを考えたが、瞬時には思いつくことができなかった。

＊

諦《あきら》めて受話器を取ると、声より先にグラスの中を氷が駆け回る乾いた音が鳴り響いた。

「わかる?」と、氷の音を追いかけるように声が続いた。

「ああ、わかるよ」と僕は答えた。

声の記憶というものがどこにどういう形で残されているものなのかはわからないが、その記憶がこんなにも鮮明で確かなものであることに僕は驚いた。

「わかる?」たったそれだけの言葉で僕は湖底にゆらめく人の姿を思い起こすことができるのだ。

それは、十九年ぶりに聞く由希子《ゆきこ》の声だった。

「由希子だろ？」

そう言う自分の声が掠《かす》れていた。

「そう」とやはり少し掠れた声が響き、そしてまたカラカラとグラスの中で氷が駆け回った。

「久しぶりね」と由希子は言った。

「ああ、随分久しぶりだね」と僕は答えた。

それから、ちょっとした沈黙が流れた。十九年間も顔を合わすことはおろか、声も交わすことがなかった二人にとって、それはどうすることもできない沈黙だった。

「飲んでいるの？」と僕は訊《き》いた。

「ええ、少しだけ」と由希子は言った。そして「山崎君は？」と続けた。

「缶ビールをね」

由希子のいる場所は、僕がいる場所よりも静まり返っているように思えた。それはやはり、かすかに響く氷の音がそう感じさせるのかもしれない。何も音がしないことよりも、小さな音が静けさをより際立たせるということもきっとあるのだろう。

「何年ぶり？」と由希子は訊いた。

「十九年」

「十九年かあ」

そう言うと由希子は溜息《ためいき》をついた。そして、また小さな沈黙が訪れた。それはまるで二人の十九年という長い歳月への黙禱《もくとう》のように僕には思えるのだった。

「音楽が聞こえるわ」と由希子は小さな声で言った。

「そう？」

「うん。聞こえる。かすかに聞こえる。でも静かね山崎君の部屋」

僕はいつも部屋の中では、自分の耳にも届くか届かないかくらいの音量で音楽を流している。音が自分の意識の中に入ってこられるのは苦痛だからだ。耳には辛うじて届くが、意識の直前で消えるくらいが僕にとって適度な音量なのである。

その音が由希子の耳に電話越しに聞こえることに僕は少なからず驚いた。それほどに、僕のいるこの場所も静かなのだ。

「何をかけているの？」と由希子は聞いた。

「ポリス」と僕は答えた。

「うわー、懐かしい」と由希子は本当に懐かしそうに言った。

「そう？」

「今でもそんなの聴いてるんだ」

「新しいものはちょっとね。小説でも音楽でも若い頃好きだったものばかりを繰り返し読んだり聴いたりしている」

「どうして？」

「どうしてって、そんなに多くのものは結局は必要がないからじゃないかな、きっと。音楽はとくに気に入ったものがいくつかあればそれで十分だから」

「〝エブリィ・ブリーズ・ユア・テイク〟？」

「まあ、そんなところかな。とにかく聴きなれた歌が今は一番いいんだ」

それから再び会話が途切れた。僕は僕、由希子は由希子で受話器から零れてくる音をたよりに、十九年の歳月を埋めてくれるものを探していたのかもしれない。

「私、今二人の子供の母親なのよ」と今度は由希子が沈黙を破ってくれた。

「上の子は健太《けんた》、下の子は綾子《あやこ》。健太は小学校三年生になるんだけどバカでどうしようもないの。クラスの子や近所の子にお愛想ばかり振りまいて、人気者には違いないんだけれど中身は空っぽ。小学生のくせに、どこにでもいるような返事だけはいい、できの悪い営業マンみたいなの。きっと旦那《だんな》に似ちゃったのね。綾子は五歳。親の私が言うのも何だけど、とっても可愛《かわい》いのよ。間違いなく私似ね」

キューンと足元でモモがせつない鳴き声を上げた。追いかけっこに疲れてしまったらしい。それに、僕が誰かと電話で話をしていると、モモはいつだって情けない鳴き声を上げるのだ。

「あら、誰かいるの？」

「犬を二匹飼っているんだ」

「そうなの」

「もう飼い始めて二年になるんだけど二匹目の方が全然大きくならなくてね、いまだに掌《てのひら》サイズ」

「名前は？」

「上がクーでちびがモモ」

「あら、可愛らしい名前ね。種類は？」

「ロングコートチワワっていって、ようするにチワワの毛が長いやつ」

「じゃあいいじゃない、小さくても」

「うん、そうなんだけれどそれにしてもいくらなんでも小さすぎる」

「ふーん。そんなに小さいんだあ」

「この前なんかね、散歩中にカラスに襲撃されちゃったんだ。クーとモモを連れて近所を歩いていたら、でっかいカラスが電線伝いに追ってくるんだよ。獲物を見るような目で明らかにモモを狙っているんだ」

「あら、いやね」

「僕がちょっと目を離したすきに電線からバサッバサッてモモめがけて舞い下りてきてね、モモはもうこれ以上ないくらいに体をアスファルトにへばりつけて、びびりまくっているんだ。それで、どれだけ怖かったのかうんことおしっこを同時に漏らしちゃった。近所の子供たちにケラケラ笑われちゃってるの」

「アハハ」と由希子は笑った。

それは十九年ぶりに聞く由希子の笑い声だった。

「部屋の中でありとあらゆる悪さをするんだけど、それからはカアッて言いながら手をバサッバサッて振りながら近づいていくと、床を這《は》いつくばるように走り回って、一目散に小屋の中に逃げ込んでいくんだ。バカだろ」

「バカね」

「ハハッ」と僕も笑った。

「色は？」

「クーは白地に薄茶色のブチ。パーティーカラーっていうんだ。モモの方はフォーンというちょっと赤味のかかった薄茶色で泥棒みたいな顔をしている」

「泥棒？」

「そう、薄茶に黒い髭《ひげ》がピョンピョンって感じで生えていてね。見つかったこそ泥みたいにびくびくした顔をしていて、でもその割りには抜け目がない」

「そんな顔の犬、ときどきいるわね」

「それにモモはロングコートのはずなのに全然毛が伸びてこないんだ」

「騙《だま》されたの？」

「そうかもしれない」

何だかそうやって、僕と由希子は肝心なことをグルグルと取り囲むように遠回しな会話を交わしていた。ただ、僕には今の僕と由希子にとって果して何が肝心なことなのかさっぱりわからなかった。少しずつ外堀を埋めるように電線を伝って歩いていたのだろう。

チワワって体の割りに目が異様に大きくて、目と目の間が微妙に開いているのよねえとか、人間に抱かれているときが一番幸せなんて何か哀れよねえとか、二人はしばらくチワワ談義に花を咲かせた。

「山崎君、プリクラって知ってるわよね？」と一通りのチワワ談義が終わったあと由希子はそう僕に訊いた。

「ああ、知ってるよ」と突然の話の方向転換に少し緊張しながら僕は答えた。

「撮ったことある?」

「いやあ、さすがにないよ」

「今度一緒に撮らない?」

その言葉と同時にカラカラと今までにないくらいに激しく氷が耳元で走り回った。電線から突然舞い下りてきたその言葉に、僕はアスファルトにへばりつくように沈黙した。

〝ブリング・オン・ザ・ナイト〟のイントロが僕の意識にまで届いてきた。繊細で美しいギターのイントロにスチュアート・コープランドの切れ味のある硬質なドラムが重なっていく。

「結構楽しいわよ。綾子がたくさん集めているの。私たちの時代にはそんなものなかったわよね」

「何のために?」

「あら、いいじゃない。理由なんかないわよ」

「二人で?」

「そう、二人でよ」

何度目かの沈黙が二人の会話の上を横切っていった。僕はクーとモモの姿を目で追いかけて、それから水槽に目をやった。

「いいじゃない」と由希子は言った。

「意味とか理由とかそんなものは別にどうでも。ただ四十一歳になった山崎君と四十一歳で二人の子持ちの私と、十九年も音信不通だった二人がお互いに中年になってプリクラをする。何だかバカみたいで楽しくない？」

楽しくない？　と言う割りには由希子の声は沈んで聞こえて、反射的に森本の声を思い起こさせた。

「由希子、酔っているの？」

「うん。まあまあかな」

由希子との三年間を僕は思った。十九年たった今もそれは僕の心の中にある。それこそプリクラのように、今となってはそれは小さな小さな思い出のひとつとなってしまった。

しかし、それはたとえどんなに小さくても心の片隅にペタリと貼《は》られたシールのようなもので、剝《は》がそうとしても簡単に剝がすことはできないのだ。

＊

「ねえ、山崎君、あなた将来どんな仕事をするつもりなの？」

大学に通い始めて三年目の夏、ゼミのあとに待ち合わせた新宿の小さな喫茶店で由希子は僕に訊いた。

「わからないなあ」

「たとえば、何かこうしたいとかこれだったらまあいいかとか、そんなこともないの?」

「うーん」

僕が答えに窮していると「何かあるでしょう」と由希子は薄い唇を少しだけ尖《とが》らせた。

「まあ、強いて言えば編集関係かなあ」と僕は言った。

それは行き当たりばったりというのではなくて、あと一年足らずで卒業という自分の中に芽生えつつある綿菓子のように無根拠で頼りない進路だった。

大学の授業は面白いといえばそれなりに面白く、退屈かと聞かれればコクリと肯《うなず》くしかないような代物だった。高校から大学に進むとき、僕は大学というもの自体に過程ではなく目的を求めていた。中学は高校へ進む過程であり、高校は大学へ進む過程である。しかし、大学は何かの過程ではなくそれは過程の連続で教育を受けてきた人間にとっての目的でなくてはならない。

大学へ通い始めて半年もたたないうちに、僕は自分のそんな思いが冴《さ》えない幻想であることをいやというほど思い知らされた。

目的というよりも、大学こそが過程そのものであり、過程の総仕上げのような場所だった。その先にあるのは茫洋《ぼうよう》とした社会であり、そこにいく、より有利な立場を得るための広場が大学という不思議な空間だった。

キャンパスは傲慢《ごうまん》だった。それも何の裏付けも自信も実績もない傲慢さに溢《あふ》れていた。学生たちは大声で笑い、ふざけあい、その割りには一様に排他的で、しかし要領がよかった。僕はどうしてもキャンパスという空間にうまく馴染《なじ》めず、どこかにいつも決定的な疎外感を感じていた。そんな意味不明の疎外感は生まれて初めて味わうものだった。

二カ月もアパートに引きこもり、寝てばかりいたこともあった。どこにも行く気になれず、誰と会う気力も湧《わ》いてこなかった。ただひたすら、部屋の電気も点《つ》けずに寝て暮らした。

しかし、僕にはそのまま大学を辞めてしまうだけの決断力もなかった。極めて消極的に与えられた場所の隅の方で辛うじて参加しているような状態で何とか三年間をやり過ごしてきたのだった。

「編集者かあ。何だかいやなやつって感じね」と由希子は言った。

「そお?」

「だって面倒くさそうじゃない」

「そうかなあ」

「ま、いっか」と笑って赤い舌をペロッと出すと、ちょっと待っててねと言って由希子は立ち上がった。

それっきり戻ってこない由希子を僕は一時間も待ち続けただろうか。窓際の席だったから、新宿の人波をぼんやりと眺めていた。キャンパスを闊歩《かっぽ》する、不安も疑問も感じさせない学生たちとは違って、新宿の歩行者たちはそれぞれに何かを引き摺《ず》って歩いているように見えて、何だかほっとした。

なかなか由希子が戻ってこないので、今度はしかたなく通行人の数を数え始めた。

「ごめんごめん、遅くなっちゃって」

七百九十六人目で戻ってきた由希子は席に着くなりコップの水を一気に飲み干した。

「何だか、出版社ってやっぱりいやな感じね」と氷を口に含んで由希子は言った。

「電話帳で調べて、上から順番に片っ端から電話してみたのよ。知り合いで編集をやってみたいという者がいるのですが空席はありませんかってね」

「空席?」

「そう、キャンセル待ちよ。とりあえずそれしか手がないじゃない」

由希子の長い睫《まつげ》の奥で思慮深い、黒い瞳《ひとみ》が輝いていた。

「それって、もしかして僕のこと？」

「黙って聞いて。そうしたらね、ヒットしたのよ。三十件目くらいだったかしら。出版社とは思えないような感じのいいおじさんが出てね。うちは何であれ、やる気のある人間とは面談してみることにしているから、明日にでも一度来てみなさいって」

「へえー、そんなこともあるんだ」

「文人出版っていうの。堅そうよね、名前からして」

「文人出版なんて聞いたことがないなあ。どんな本を作ってるの？」

「そんなこと、私が知っているわけないじゃない」と由希子は何だかとても愉快そうに笑った。

まあ、それはそれでいいのかもしれない。

由希子が電話帳を引き裂いて持ってきた電話番号を頼りに、とりあえず明日訪ねてみることにしよう。どうせ僕は怠け者だし、それに何かの中から何かを選ぶ作業が大の苦手なんだから。中華料理屋に入ってもメニューに目移りして、何回も咳払《せきばら》いされなければ自分の食べるものさえ選べない。Tシャツ一枚を買いにいってもその種類の多さに眩暈《めまい》を起こすだけで、結局は手ぶらで帰ってきてしまう。

きっとこの世に出版社は中華料理屋のメニューやジーンズショップの棚に並んでいるT

シャツの数くらいはあるに決まっている。

「まあ、何とかなるわよ」

由希子のよく手入れされた白い歯がかすかにこぼれた。

私が用意した綿菓子よ、どうぞ召し上がれ。由希子の二つの瞳がじっと僕を見つめ、そう囁《ささや》いていた。

*

「今、何をしていたの？」

「水槽の水換えだよ」

「こんな時間に？」

「うん。掃除と洗濯と水換えはいつも真夜中にやることに決めているんだ」

「金魚も飼っているの？」

「じゃなくて、熱帯魚」

「へぇー、格好いいじゃない。綾子は金魚を飼っているのよ。金魚の水槽ってどうしてすぐに黄色のような緑色のような変な色になっちゃうのかしら。水も割りとこまめに換えているし、ブクブク空気を出すやつ、あのスポンジだっていつもきれいに手入れしているのに」

　モモがまたキューンと悲しい声を上げたので、膝《ひざ》の上に載せてやった。モモは竹とんぼのようにクルクルと尻尾《しっぽ》を回して喜びを表現した。そんな僕とモモをクーは床の上にペタンと腹ばいになり、顎《あご》まで床に投げ出して、恨めしそうに上目遣いで眺めている。

「水槽ってね、バクテリアの生態系で成り立っているんだよ」と僕は言った。

「バクテリア？」

「魚が糞《ふん》をするだろ、そこからたとえばアンモニアのような有害物質が発生する。それをまずニトロゾモナスという名前のバクテリアが亜硝酸という物質に分解するんだ」

「ニトロゾモナス？」

「そう、そう。そしてね、ニトロゾモナスがアンモニアを分解したことによってできた亜硝酸を今度はニトロバクターというバクテリアが硝酸塩という魚にとってはほとんど無害な物質に分解するんだ」

「ちょっと待ってよメモするから」

「まあ、メモはいいから聞いて」

　僕はグラスに入ったギネスを一気に飲み干した。

「でね、この硝酸塩という物質は魚にはほとんど無害でしかも水草にとっては栄養になるんだ。だから水草が必要とする硝酸塩の量と魚の糞が分解されることによって発生する硝酸塩の量に調和がとれていれば、理論的には水槽は半永久的にきれいなままということになる。だけど大抵は硝酸塩の方が供給過剰になってしまう。それは結局は水とバクテリアと水草と魚というバランスのなかで、どうしても魚の量が多くなってしまうからなのかな。でね、硝酸塩というのは酸性だから水槽の水はどんどん酸化していってしまう。だから、それを緩和するために中性の水道水を注入して取り替えてやる。掃除じゃなくて、中和することが本当の水換えの目的なんだよ」

「半永久的？」

「理論上は」

「何か凄《すご》く観念的ね」

でも、どんなにうまくいったとしても結局は完璧な水槽などありえない。水槽というものは人間が作った限界のある世界であって、それは確かに由希子のいうように観念的なものを技術によってどのように成立させることができるかという実験なのである。亜硝酸だけではなく、いつかはそれを分解するバクテリアさえも、水槽内に増えすぎてしまい観念的半永久の水槽は現実的に崩壊してしまうのだ。

「観念的半永久の水槽かあ」と由希子は小さく溜息をついた。そして続けた。

「それはそれでなんだか凄く幻想的で素敵ね」と。

「でもね、やっぱりいつかは水槽内のバランスが崩れる。水換えやフィルターの掃除だけではおいつかなくなるんだ。バクテリアが増え過ぎてしまって、たとえば水を還流させているパイプの中や底砂やそれに魚自身にもバクテリアが過付着のような状態になってしまうんだ」

「過付着？」

「そう。それでね、今度はそれを緩和させるための薬品が必要になる」

「薬品かあ」

「ホルムアルデヒド」

「ホルマリンのこと？」

「そう。ホルマリン」

「そんなもの手に入るの？」

「薬局に売っているよ」

「誰にでも買えるの？」

「ああ。劇薬だから使用目的や住所氏名は記入させられるけれど基本的には誰でも買える。

それを十リットルの水に対して一ccの割合で水槽に投入する。そうすると水槽内のバクテリアの量が減少して、過バクテリア状態から脱することができるというわけ」

「つまり、ホルマリンでバクテリアを殺すのね」

「そういうこと」

僕は十九年ぶりの由希子との会話でなぜこんなに一生懸命に水槽のことを説明しなければならないんだろうという思いと同時に、この会話に心地よさをも覚えていた。ホルムアルデヒドといった瞬間にホルマリンと答える由希子、それによってバクテリアを殺すということを理解する由希子。

膝の上でモモは、遊び疲れた人間の子供のようにコックリコックリと船を漕《こ》ぎ始めていた。時々、はっと我に返っていかんいかんとでもいうように頭を振って虚《うつ》ろな目で僕を見るのだけれど、結局はまたどうしようもなくなって船を漕ぎ出してしまう。そんな動作を繰り返している。

「由希子がよく洗っているという、ブクブクの出るスポンジ。そこが実はバクテリアの住《す》み処《か》なんだ。だから、そこをきれいに洗い流すということはせっかく発生しつつあるバクテリアを捨ててしまっていることになるんだよ」

「何だかSF映画みたいな話ね」

「水槽の水の中にもバクテリアはたくさんいてね、その水を全部捨てて生態系のない水道水に取り替えるということがどういうことかわかるだろう?」

「水槽の自殺?」

「そうかな」

「他殺かあ」と由希子は溜息をついた。

「その時、一瞬はきれいになるけれど、すぐにまた黄色くなってしまう」

「そう。その繰り返しなのよね」

「最初はみんなそうなんだ」

「ところで、そのニトロ何とかという怪獣みたいな名前の連中、一体どこから連れてくるの?」

「それはね、パイロットフィッシュっていうんだけれど、健康な魚の糞の中には健全なバクテリアの生態系があるんだ。だから水槽を設置したときに一番最初に入れる魚が肝心でね、健康な魚が生態系のない水の中で糞をするだろう、そうすると約二週間後には健康な魚の、いい状態のいい割合で水槽内にバクテリアの生態系が発展していくんだよ」

「パイロットフィッシュ?」

「そう」

「きれいな響きね」

「でも、ちょっと悲しいんだ」

「どうして？」

「たとえばね、アクアリウムの上級者がアロワナとかディスカスだとか高価な魚を買ったとするだろう。高級魚というのは大抵神経質で弱いんだ。そんなときに、その魚のためにあらかじめパイロットフィッシュを入れて水を作っておくんだ。これから入る高級魚となるべく似た環境で生育した魚を選んでね。そして、水ができた頃を見計らって本命の魚を運んでくる。でね、パイロットフィッシュは捨ててしまうんだ」

「殺すの？」

「そう。殺す」

「他の魚のための生態系だけを残して？」

「そう。生態系だけを残して」

「どうして殺すのよ」

「もう、必要がないからね。ひどい奴は天日干しにしたり生きたままトイレに流したり、そのままアロワナに食わせてしまったり」

「ひどい」

「でね、最初に入れた魚の状態が悪かったらいつまでたっても水槽は仕上がらない。それは悪いバランスのバクテリアがそのままの状態で水を支配するようになるからで、そうなると水槽を立てなおすのはかなり大変なんだ」

「でも、うちの金魚はとても元気よ」

「だから、たぶん掃除のしすぎなんじゃないかなあ。あるいは餌《えさ》のやりすぎか。一度、少し水が汚れても掃除をしないで放っておいてみたら。四分の一くらいだけ部分換水をして」

「ふーん」

「それがいいと思うよ」

「ねえ、山崎君も殺すの？」

「いや、僕はどうも苦手でね。だから上級者にはなれないんだ」

部屋の九十センチ水槽は完璧といっていい程の仕上がりを見せていた。つややかで丹念に磨き上げられたかのような水は、まるでそこに存在していないかのような透明な輝きをたたえていた。その中を約三百匹のカージナルテトラと約百匹のアフリカンランプアイが、優秀な指揮者にあやつられているかのように、右へ左へと優雅に群泳している。

淡い緑色のリシアというよく手入れされた芝生のような水草は、粉々に砕いてちりばめたダイヤモンドのかけらのような無数の小さな気泡を身にまとっている。光合成によって発生した酸素たちは浮力の限界まで膨れ上がると、もうこれ以上は我慢できないとでもいうように順番に水面をめがけてゆらめいていくのだった。水泡は光を吸収し、あるいは反射し、まるで光の粒そのものが動いているようだ。

底の方ではコリドラスメタエという愛嬌《あいきょう》たっぷりの小型熱帯ナマズが、口を動かし底砂を舐めながら泳いでいる。ヤマトヌマエビという透明で小さな淡水エビは水草に生えた苔を、まるで糸を巻くように器用に食べていた。

注意して見ると水底にいくつかの脱皮したエビの抜け殻を見つけることができる。澄み切った水の中でエビは音もなく成長し、そして入りきらなくなった自分を誇示するかのように殻を脱ぎ捨てていく。

十九年か、と僕は思う。

その間にいったいいくつの殻を僕は脱ぎ捨ててきたのだろうか。殻を残さなければ成長していけないエビたちのように、きっといつかどこかで僕も成長し、それによって何かを脱ぎ捨て、あるいは何かを失ってきたのだろう。

由希子には由希子の、僕には僕の十九年という月日が流れた。

「山崎君、今どこに勤めているの？」と由希子は訊いた。

「文人出版だよ」と僕は答えた。

＊

由希子が言ったように文人出版の沢井《さわい》さんは確かに感じのいいおじさんだった。

サウナ風呂の中にいるように蒸し暑い夏の日、僕はアスファルトの上にポタポタと汗をたらし、電話で沢井さんが教えてくれた道順を頭の中で反芻《はんすう》しながら千駄ケ谷《せんだがや》のゆるやかな坂道を上っていった。

やがて大きな神社が見えてきて五叉路《ごさろ》にぶつかり、そこを左に折れた。その交叉点から三軒目の、広い墓地に面する四階建てのビルの三階に文人出版はあった。

「フーッ」と僕はわけもなく溜息をひとつついた。それから、意を決してインターホンを鳴らした。

「はい、文人出版です」

しゃがれた中年男性の声が、冷たい感じのする黒いプラスチックの箱から零れてきた。

「山崎隆二《りゅうじ》と申します。昨日電話した川上《かわかみ》由希子の親戚《しんせき》の者です」と僕はできるだけはきはきと大きな声でインターホンに向かって話しかけた。

「ああ、君か。どうぞお入りなさい」

ドアを開けると小柄な初老の男が、なぜかニコニコと満面に笑みを浮かべながら立っていた。そして僕は黒いソファーが無造作に向かい合っているだけの四畳半ほどの小さな応接室に通され、名刺を渡された。

文人出版専務取締役編集長・沢井速雄《はやお》とその名刺には書かれてあった。

「あ、君ちょっとここで待っててな」と言うと、沢井さんは部屋を出ていった。

僕はソファーに座ったまま、窓の外の景色を眺めた。そこからは墓地が見渡せた。それは考えようによってはお墓の海のようなもので、海沿いに建つ家が日当たりがいいように、やっぱりこの部屋も日当たりがよかった。

沢井さんはコップに入った麦茶をふたつとお絞りを一本、お盆に載せて運んできた。

「君、凄い汗だねえ。今日は暑いものなあ」と言って沢井さんはお絞りを僕に向かって差し出した。僕はそれを受け取り、顔の汗を拭《ぬぐ》った。

「君、編集をやりたいんだって」とコップをテーブルの上に置きながら沢井さんは言った。

それから沢井さんはポケットからハイライトを取り出して火を点けた。指先が煙草の脂《やに》で茶色くなっていた。

「はい」

紙袋の中から慌てて履歴書を取り出しながら僕は答えた。

「しかし、女の子に電話をさせるなんて何だか君もだらしがないなあ」と笑いながら大した興味もなさそうに沢井さんは履歴書に目を通した。

「性格は軟弱かあ、あっはは、正直だね」と沢井さんが言うので僕は思わず頭を掻《か》いた。

沢井さんは痩《や》せていて小さかった。髪の毛はほとんど白髪になっていて、体全体からはかさかさと乾いた雰囲気が漂ってきた。几帳面に磨かれた眼鏡の奥に光る瞳の優しさに、僕は安心すると同時に思わず見とれてしまった。

「本は読む？」と沢井さんは訊いた。

「はい」と僕は答えた。

「最近読んだ小説は？」

「『旅路の果て』です」

「『旅路の果て』？」

「はい。ジョン・バースの」

「知らないなあ悪いけど。じゃあ、もう一冊その前に読んだのは？」

「『夏への扉』」

「SF？」

「ハインラインです」

「ああ、僕もねSFは結構好きなんだよ」と沢井さんは嬉《うれ》しそうに言った。

「なぜ二冊訊くかというとだね、五年前に五十嵐《いがらし》という奴が面接にきたときに同じ質問をしたんだ。最近読んだ本を一冊挙げろってね。そうしたら、五十嵐はよくぞ聞いてくれましたといわんばかりに胸を張って、太宰治の『人間失格』ですと答えた。あれに優《まさ》る文学はなく、ことあるごとに何度も読み返しその度に新しい発見がありますって言うんだ」

沢井さんは思慮深い視線を真っ直ぐに僕に向けながら話を進めた。

「それで、まあいいかと思ってね採用を決めたんだけれど、入社してしばらくしてから五十嵐が言うんだ。あのときに沢井さんにもう一冊訊かれていたら私はアウトでしたって。天才バカボンとでも答えるしかありませんでしたって」と言うと沢井さんは笑いを噛み殺すような表情で短くなった煙草を揉《も》み消し、そしてすかさず新しいハイライトに火を点けるのだった。

「まあ、それで生まれてから一冊しか本を読んだことがない編集者が誕生しちゃったというわけさ。『人間失格』に騙されるようじゃあこっちの方が失格だわな」と言うと沢井さんはとうとう声を上げて笑い出してしまった。

「だからそれからは、面接のときには必ず二冊は訊くようにしているんだよ」

沢井さんが楽しそうに笑うので、僕も何だかすっかり愉快な気分になってしまった。

「これ、うちのメインの雑誌」

沢井さんは立ち上がり戸棚の中から本を一冊取り出すと、そう言ってあまり磨いたことがないと思われるガラステーブルの上にポンという感じで置いた。それはA五判の小さな中綴《なかと》じ雑誌だった。

由希子は驚くほど勘がよくて、ほとんど超能力者のような冴えを見せることもある。ほんのわずかな材料からいろいろなことを見透かしていくような不思議な能力を持っている。だけど、はずれることもある。

テーブルの上に投げ出されたのは、堅いとは正反対のどぎつい原色に彩られたエロ雑誌だった。

煽情《せんじよう》的といえばそうなのかもしれないけれど、何の魅力も感じさせないモデルが、深紅の口紅を塗った唇を半開きにしてなぜかバナナを半分咥《くわ》えている。黒い網タイツをはいた下半身を微妙にくねらせ、目線は恥ずかしくなるほどに挑発的だ。

その写真の上に「月刊エレクト」という極太の銀色の文字が躍っていた。

「エレクト?」と僕は口の中で呟《つぶや》いた。

「『月刊エレクト』」と沢井さんは言った。そして「何だい、その顔は」と続けた。

「エレクト」を怪訝《けげん》に見つめる僕に沢井さんはあきれ果てたような口調で言った。

「君、まさか知らなかったの？」

うなだれながら、僕は肯いた。

「あっはっは、驚いたなあ」と沢井さんは明るい声で笑いながら言った。そして、続けた。

「本を一冊しか読んだことがない編集者も凄いけど、どんな本を作っている出版社かも知らないで面接にくる君も君で凄いなあ」

まったく沢井さんの言うとおりで僕は体を小さくするしかなかった。できればこのままこの場所から、風のように消えてしまいたかった。

でも、それはある意味では仕方のないことだった。喫茶店を出た後、由希子と僕は新宿の紀伊國屋に行って文人出版の本を探しまくったのだが、とうとう一冊も見つけることができなかったのだ。

「きっと社名からいって、哲学系とか心理学系とかそんな感じよ」と由希子が明るい調子で言ったので、僕の中にもそれに近いイメージができ上がってしまっていたのだ。

沢井さんを見た瞬間に、僕は自分が勝手に抱いていたイメージに近いものを彼に感じていた。押しは弱いが、地味な本をこつこつと作る生真面目《きまじめ》な初老の編集者という雰囲気が沢井さんにはあったからだ。

「いいかい、君は編集者になりたいのだろう」と沢井さんは黙りこくる僕に向かって言った。

　コクリと僕は肯いた。

「だったらね、エロ本をバカにしちゃあいけないよ」と沢井さんは煙草の煙を口と鼻から同時に吐き出しながら言った。

「本作りとは何か。それはね、まず何といっても第一は読者を惹《ひ》きつけて何らかの興味を持たせて釘付《くぎづ》けにし、そして本を買ってもらうことだ。その本作りの基本中の基本というか原理原則がエロ雑誌には集約されている。しかも、シンプルにわかりやすくだ。そうだろう？」

「はあ」

「勃起《ぼっき》させて売る。この単純な図式が簡単なようで難しくて、だからこそ面白いしまた勉強になるんだ」

「はあ」

「だから、ある意味では」と言った沢井さんはちょっと胸を張ったように見えた。

「エロ雑誌の編集者こそが編集者の中の編集者ってわけだ」

　もちろん、僕に返す言葉があろうはずもなかった。目のやり場に困った僕は、窓をぽんやりと眺めた。窓外に広がるお墓の海は、しんと静まり返っていた。

「まあ、山崎君も今は驚いているだろうから、家に帰ってよく考えて、来たくなったらまたいつでも来なさい」と言う沢井さんの瞳からは優しさが溢れ出ているように、僕には思えてならなかった。

*

その日の夕方、由希子と僕は新宿の喫茶店で落ち合った。

「どうだった？　面接は」

由希子はアイスティーの入ったグラスをストローでゆっくりとかき混ぜながら僕に訊いた。

僕は今日一日の出来事をできるだけことこまかに由希子に話して聞かせた。由希子は溜息をつき、薄い唇を尖らせ、ときには声を出して笑い転げながら僕の話に聞き入った。

かと思えば「『月刊エレクト』かあ」と塞《ふさ》ぎこんだように頬《ほお》づえをつき、そしてまた「勃起させて売るかあ」と言って妙に感心したようなそぶりを見せたりするのだった。

とにかく自分が差し出した綿菓子が思わぬ方向へ進んだことを、後悔しているのが半分、楽しんでいるのが半分といった様子だった。

「『月刊エレクト』って直訳すると？」と由希子は訊いた。

「『月刊勃起』」と僕は答えた。

「そうかあ。『月刊勃起』かあ。そりゃそうよねえ」と言うと由希子はふうっと怒った猫のような溜息をついた。

しばらく僕は言葉を失って、店内に流れるアメリカのアコースティック・フォーク・バンドの曲を聴いていた。「僕にとっての多くは、君にとっての多くとは限らない」確かそんな内容の歌詞だった。

「まあ、しかし」とその曲が終わるのを待っていたように、由希子は僕の目を真っ直ぐに見ると気を取り直したように言った。

「いいんじゃない。何でも」

これが由希子の結論だった。そしてそれは僕の結論と同じだった。

「だって山崎君、編集者になりたいんでしょう」と由希子は訊いた。

「うん」と僕は肯き、そしてフワフワとしていたはずの自分の進路が今日一日で随分とはっきりしたものになっていることに少し驚いた。

「だったらいいじゃない。中身なんか何でも一緒よ。要するに大切なことは本を作る技術が身につくかどうかじゃない？　真面目くさったわけのわからない本よりよっぽど楽しいわよ。きっと、役にも立つんだろうし」と言うと由希子は何だかとても楽しそうに笑った。

「本当にいいのかなあ、『月刊勃起』でも」

「あら、私は全然平気よ。それに沢井さんって何か興味湧かない？　だいたいあなたが人見知りしない人なんてめずらしいわ」

それもそうだなと僕は思った。

「僕にとってのすべてが、君にとってのすべてとは限らないし」と僕は口の中で呟いた。

「まあ、頑張りなさいよ」

僕の言葉が聞こえたのかどうかはわからないが、由希子はそう言ってきゅっと唇を結んだ。

由希子が明るいので、何だか僕も文人出版での自分の未来が拓《ひら》けているような気持ちになっていた。それに、いやならいつでもやめてしまえばいいのである。

由希子は僕に顔を近づけて、小さな声でこう言った。

「勃起させて、売ってみれば？」

＊

暖かい春の日差しが机の片隅を照らしている。僕はぼんやりとした思考回路で昨日の夜中に突然かかってきた十九年ぶりの由希子からの電話のことを考えていた。

ここはお墓の海辺みたいなもので、窓際の沢井さんのデスクには午後の光が降り注いでいる。沢井さんの大きなデスクと垂直に僕の机がふたつ、そして右側にデザイナーの机がひとつ、向かい側に五十嵐の机がふたつとライターや校正マンが使う机ひとつがコの字に並んでいる。その七つの机が「月刊エレクト」編集部のほとんどすべてであった。

僕が使っているふたつの机は、ゲラや雑誌や古新聞や整理しきれない書類やらで埋め尽くされ混乱を極めていた。

向かいの五十嵐の机はもっとひどかった。エロ雑誌や競馬雑誌や少年漫画でトーチカを作り上げ、その中に辛うじて作業用のわずかなスペースを確保しているという状態だった。真向かいに座る僕と、お互いに座っているときでも顔を見ることはできなかった。それはそれでこちらも都合がいいのだが、ときどきベルリンの壁が崩壊するように積み切れなくなった雑誌が雪崩れのようにこちらに崩れてくるのには閉口した。

僕も五十嵐も沢井さんもヘビースモーカーなので、わずか二十畳ほどの編集部の壁は煙草の脂で真黄色になっていた。隣には事務と営業と経理の部屋があるのだが、事務員たちが編集部に顔を出すことはほとんどといっていいほどない。

僕は机に足を投げ出して、煙草を吸いながら左側の机の片隅にできた日溜《ひだま》りをぼんやりと眺めていた。光の線のなかを煙草の煙が横切るときの紫が美しかった。

グーグーと熟睡している五十嵐のいびきが響き渡っていた。最初の頃はイライラしたが、それにももうすっかり馴れた。毎日二時頃出社する五十嵐は、三十分後には眠り始める。そしてそれはだいたい二時間は続くのだ。

「ああ、もう時間がやばいよお」と僕の右側の席で時々悲鳴に似た声が上がる。

「月刊エレクト」のデザインを一手に引きうけている野口早苗《のぐちさなえ》は、印刷所から指定されたタイムリミットとぎりぎりの攻防戦を繰り広げている。毎月のことだが、校了間際になると三、四日は一睡もしないような状態が続く。

「山崎さん」と早苗が言った。

「何だ?」と僕は我に返って言った。

「この写真見てください。やばくないですか」

それはあまり美人ともいえないモデルが大きく足を開いている写真だった。

「見えちゃってますよねえ。性器が」と早苗は言った。

「どれどれ」

僕はルーペを手にライトボックスの中のポジフィルムを見た。紐《ひも》のような下着が性器に挟まるようにして、それを隠しているのだが、確かに早苗の言うように片方の大陰唇がはみ出している。

「まずいなあ」と僕は言った。

「でもこの写真、色合いもピントも、それにモデルの表情もいいんですよね」

「うん。確かに」

「勝負しますか？」

「いや、ちょっとなあ。微妙だなあ」

「でも、削ると私がカメラマンに怒られちゃうし」

「他は？」

「高井《たかい》さん、最近齢《とし》のせいかピントが全然駄目なんですよ。口では偉そうなことばかり言っているけれど」

ポジフィルムに一通り目を通したけれど、確かに早苗の言うように他の写真はどれも出来が今ひとつだった。

僕は窓際の沢井さんのデスクを見た。そこはこの雑然とした編集部の中で唯一、几帳面《きちょうめん》に整理整頓《せいとん》されている場所だった。沢井さんはいない。しかし、僕が判断を下してすべての責任を負うのは沢井さんなのだ。

「まずいな」と僕は言った。

「そうですね。沢井さんに迷惑かけられないものね」と早苗は言った。

ガー、ゴー、ピーッと五十嵐の高いびきは絶好調である。

「じゃあしょうがない、何か探すかあ」と諦めたように言うと、早苗は背を丸めて五百枚はあるポジフィルムの写真をルーペで一枚一枚念入りに覗《のぞ》き始めた。

自分の仕事に集中しだした早苗を横目に、僕は新しい煙草に火を点け窓の方へと体を向けた。

＊

昨日の夜、由希子は僕にいったい何を話したかったのだろうか。

「綾ちゃんが起き出しちゃった。ごめんね、電話切るわ」と言って、あまりにも唐突に電話は切れたのだった。

「うわーっ」という叫び声が僕の前から聞こえた。僕も早苗も少しも驚かない。それは、いつもの五十嵐の目の覚め方で、借金取りかどこかの女に刺された夢を見て彼の長い昼寝は終わるのだ。

時計は午後四時半を指していた。

「五十嵐さん」と早苗は早速、五十嵐を呼んだ。いかにもサラリーマン然とした濃紺のスーツを着込んだ五十嵐は面倒くさそうに早苗のデスクに近寄ってきた。

「これどうですか？」

「早苗ちゃんに頼まれたら仕方ないやな」と五十嵐はさも恩着せがましく言うと、早苗の差し出したルーペを手に取りポジフィルムを覗きこんだ。

「あーっ、だめだめ。これびらびらちゃんが丸見えじゃん。しかも明らかに肌の色と違っちゃってる。要するに性器とみなされますな。これは下手すりゃ、書類送検」

写真を見ながら五十嵐は即座にそう言った。

「じゃあ、これは？」と早苗は次の候補のポジフィルムを見せた。

「全然、反応なし」

「そうかあ」と早苗は溜息をつく。

「どれどれ、俺が見てやろう」と言って五十嵐はルーペでフィルムを覗き始めた。そして二分もたたないうちに「これこれ、これで決まり」と言って一枚のフィルムにダーマトで印をつけた。それは、もう何時間もフィルムをにらみ続けていた早苗の、まったくノーマークの一枚だった。

「これかあ」と早苗は感慨深げに言うと、椅子《いす》にちょこんという感じで座って煙草に火を点けた。

編集者のくせに本はろくに読まない、漢字を知らないので校正はしない、昼過ぎに編集部にきて大いびきをかいて寝てばかりでほとんど仕事らしい仕事もしない五十嵐だったが、ひとつだけ誰にも真似のできない特技があった。

勃起羅針盤。一言で言ってしまえばそういうことである。

つまり、五十嵐が煽情される写真が即ち読者が求めるエロ写真なのである。それは、過去何百枚も何千枚も選んできた彼の写真の読者からの圧倒的な支持によって証明されていた。

だから、沢井さんも五十嵐には一目置いていて、ほとんどうるさいことは言わない。ただ、五十嵐が勃起する写真を選んでくれれば彼に払う給料は十分に元がとれてしまうのである。

「じゃあ、俺コーヒー飲んでくるから」と言って校了間際で切迫している編集部から、五十嵐は颯爽《さつそう》と出ていってしまった。

あの次の日、つまり初めて沢井さんと会い、「勃起させて売ってみれば」と由希子が耳元で囁いた日の次の日から僕はここに座り、〝これが究極のオナニーベスト10だ〟とか〝美人団地妻がイクその瞬間の瞬間〟といった記事の校正をすることになった。

「月刊エレクト」の編集者は僕を入れて三人だった。

沢井編集長と五十嵐副編集長と僕。その三人で雑誌を作るためのありとあらゆる作業をやった。企画、取材、校正、原稿書きはもちろんのこと、割付、写真のあたり、レイアウトに写植の貼りこみから、カメラマンの都合がつかないときには写真撮影にいたるまでどんなことでも三人でこなしてきた。

沢井さんが言ったように、そこには本作りのすべてがあった。

大学では得られない確かな手応《てごた》えがあった。それは実戦的で即物的なものなのかもしれないが、しかしずっしりと掌に食い込むような心地よい重さがあった。

歓楽街を駆けずり回り、モデルの太股《ふともも》に霧吹きで水を吹きかけ、印刷所に無理難題を吹っかけ、ときには泣きを入れ、風俗嬢たちの相談相手になり、忙しく振り回されながら、僕はいつの間にか大学を辞め、エロ本作りに没頭していった。

より煽情的に、より世の中の役に立つために。

それから十九年の月日が流れていた。

沢井さんは何度も病に倒れ、今は半ば死を待つような状態で入院をしている。

五十嵐は長年連れ添った女房と子供に逃げられて、そのショックで最近二冊本を読んだ。

僕は今、あの日沢井さんがガラスのテーブルの上にポンと放り投げた「月刊エレクト」の編集長をやっている。

あの日、沢井さんが言ったように今の僕はある意味では編集者の中の編集者になったのかもしれない。

＊

文人出版を出て僕が西荻窪の部屋に戻ってきたとき、時計は午前二時を大きく回っていた。クーとモモからこれ以上ないくらいの熱烈な歓迎を受け、部屋に入り熱帯魚の水槽の電気を点《つ》けた。冷蔵庫から缶ビールを取りだしCDプレイヤーのスウィッチを押し、小さな音で〝シンクロニシティー〟のイントロが流れ始めた瞬間に電話が鳴った。

今の電話にだけは出ないわけにはいかない。今日は水曜日で、出張校正は明日あさってに迫っている。切羽詰まった早苗やあるいは印刷所からどんな緊急の連絡が入るかわからないからだ。

電話を取ると「昨日はごめんなさい。綾子が突然起き出しちゃって」という由希子の声が聞こえた。

「ああ」と僕は言った。

「別に謝ることなんか何もないよ」

それは僕の本心だった。十九年ぶりに電話をかけてきた昔の恋人が、どんな理由であれ突然に電話を切ったとしても、それを怒る精神力を僕は持ち合わせていない。すべてを忘れ去って、電話が鳴る前の自分に戻る努力をするだけだ。

「山崎君、変わってないなあ。不機嫌なときには必ず最初は〝別に〟から始まるのよね」と由希子は嬉《うれ》しそうに言った。

僕は何も言わないでマイルド・セブンに火を点け、水槽に目を遣《や》った。肺に流れてくる煙も水槽の光も、現実から何かを切り取ったような一瞬の安心感を僕に与えてくれた。煙を吐き出せばそれは消えていくし、蛍光灯のスウィッチを切れば水の輝きや水草の緑やテトラたちの原色の群泳は闇《やみ》の中に消え去ってしまう。しかし、今僕は煙を胸一杯に吸い込み、そしてアクアリウムは光の中にある。

「週末の土曜か日曜に久しぶりに会わない？」と由希子は言った。

そして「二人で一枚だけプリクラを撮りたいの」と続けた。耳元では昨夜と同じように、グラスの中を氷が駆け回る音が響いた。

どぎまぎして返事をしそこねていると「だって今週会わないと、今度私が電話するのはまた十九年後になるかもしれないわよ」と言って由希子は楽しそうに笑った。

膝《ひざ》の上にモモが飛び乗ってきてキューンと鳴いた。床に這《は》いつくばったクーが恨めし気に上目遣いで僕とモモを見上げていた。

部屋は暗く、水槽の灯《あか》りがすべてだった。闇の中に浮かび上がった淡いブルーの空間。澄み切った水の中を通ったたよりない清純な光だけが部屋全体をゆらゆらと照らし出していた。

「日曜日も仕事なの？」と由希子は訊いた。

「いや、今週末は校了明けだから。休みだよ」

「だったら、いいじゃない」

「オーケー」と僕は言った。

「山崎君、彼女いるでしょう」

「ああ」

「それも若い子でしょう」

「うん」

「だって、若い女の子じゃなきゃ、クーとかモモなんて名前つけないもの」

上目遣いでじっと見ているクーが可哀想《かわいそう》になって、僕は片手で抱き上げて膝の上に載せてやった。クーは喜んで僕の口の回りを舐《な》めまわした。二匹が載ってもまだもう一匹は十分に載るくらいのスペースは残っている。クーもモモもそのくらいに小さかった。

「彼女、幾つ？」

「二十二」

「あなたと私が会って傷つかない？」

「だって、日曜日に会ってセックスするわけじゃないだろう」

「当たり前よ」

「するの？」

「しないわよ」

「僕と由希子が会って、綾子ちゃんは傷つく？」

「別に」

「じゃあ、大丈夫。まあいちいち報告はしないと思うけれど、でも僕と由希子のことをちゃんと話しても理解してくれると思うよ」

「いい子なのね」

「ああ、いい子だよ」

「名前は？　差し支えなかったら教えて」

「七つの海で七海《ななみ》」

「素敵な名前」

クーとモモは折り重なるようにして僕の膝の上で眠りこけていた。

「山崎君、それで彼女の幾つの海を泳いだの？」

「まだふたつくらいかな。はは」

「大切にしてあげるのよ」

「うん。僕は結構大切にしてるつもりなんだけど、ところが彼女はなかなかそう思ってくれないときがあってね」

「山崎君らしいわね」

「力の限界かな」

「ううん、そんなんじゃない。きっといつかは山崎君のことを理解してくれる日がくるわ。私にはわかるの」

「そうだといいんだけどね」

「彼女、あなたの仕事のこと、つまりエロ雑誌の編集者だって知っているの?」

「ああ。知っているよ」

「何て言ったの?」

「だから、編集者というのは何であれまず読者を煽情《せんじょう》して、虜《とりこ》にして釘付《くぎづ》けにしてそして本を買ってもらうこと。エロ雑誌には、そんな本作りの精神が集約している。だからある意味ではエロ雑誌の編集者こそが編集者の中の編集者なんだ。それに、何と言ってもわけのわからない本を作っているよりは楽しいし役にも立つ」

「あはは、それで彼女納得した?」

「ああ。大納得さ」

それから由希子と僕は日曜日の待ち合わせ場所と大体のスケジュールを決めた。食事をするのは七海さんに悪いのでやめましょうと由希子は言った。ビアホールで少しだけビールを飲んで昔話をして、それからゲームセンターでプリクラを撮って別れましょう。

もちろん、僕に異存はなかった。

「それとね」と由希子は言った。その後の言葉を由希子にしてはめずらしく言い淀《よど》んだ。
二、三回、氷がグラスの中を駆け回り、小さな沈黙が訪れ、それから由希子は意を決したように言った。

「あなたの会社に五十嵐さんっているでしょう」と。

僕は思わず飲んでいた黒ビールを噴き出しそうになった。

「ごめんね、今まで黙っていて」

「五十嵐って」

「その人、私の知り合いなの。ここ二、三年会っていないんだけど。最近どうしてる、元気にやってる？」

「どうして由希子と五十嵐が知り合いなの？」

僕は意表をつく由希子の言葉にかなり動揺していた。大陰唇の写ってしまっている写真を即座に却下し、違う写真を本能のままに選ぶ五十嵐の颯爽《さっそう》とした姿がなぜか脳裏をよぎった。

「まあ、それは日曜日に会ったときに話すから。私の質問に答えてよ」と由希子は落ち着いた口調で言った。

「あいつ、女房と子供に逃げられて、そのショックで最近二冊本を読んだよ。『坊っちゃん』と『友情』」

「『友情』って武者小路実篤の？」

「そう」

「女房に逃げられた四十六歳の男が『坊っちゃん』と『友情』かあ。わかんないなあ。どういう意味があるのかなあ。それともただ単に薄い本が好きなのかなあ」

「そうかもね。まあ、だから生まれてから合計三冊」

「まあ凄《すご》い進歩」と言って由希子は笑った。

甘えん坊のモモちゃんに二日も続けて寂しい思いをさせてごめんなさいって言っておいて。それから難しい名前の怪獣たちとあなたの水槽のパイロットフィッシュにもよろしくね、と昨日とは正反対に念入りな挨拶《あいさつ》を済ませると静かに電話は切れた。

頭がクラクラしてきて、とりあえず僕は膝の上で眠っている二匹の犬の頭を撫《な》でてみた。モモはもうこれ以上ないくらいに安心しきって、深い眠りの中にいた。

西荻窪の街は夜の深い闇の中に存在自体を消そうとしているようだった。窓の向こうには寝静まった街並が静かにたたずみ、その遥《はる》か彼方に新宿の高層ビル群の赤いライトが点滅している。それはまるで、巨大なビルたちが夜の闇にまぎれて静かに呼吸しているように規則正しく繰り返されていた。

水槽の中ではコリドラスたちが幼稚園児のような汚れのない戯れを続けていた。まるで、手をつないでいるように二匹ずつがペアを組んで泳ぎ回っている。それは、たどたどしく気恥ずかしくてもなぜか心から離れない幼児たちのお遊戯のようだった。

カージナルテトラは一糸の乱れもなく群泳している。まるで三百匹でひとつの生き物を演じているように見える。いや、きっと演じていなくてはならないのだ。

昨夜の水換えによって大量に水槽に注ぎ込まれた新鮮な酸素が、アクアリウムの生き物すべてに活力を与え、水の中は静謐《せいひつ》な活気に溢《あふ》れていた。

僕は十九歳から二十二歳までの三年間にわたる由希子との出会いと別れに思いを馳《は》せた。あの頃二人は若く、悲しみや怒り、嫉妬《しっと》や孤独感、侮蔑《ぶべつ》や憎しみ、そんな有害物質を分解するニトロゾモナスもニトロバクターも持ち合わせてはいなかった。

そう、綾ちゃんの水槽のような時代のことをだ。

*

整然とした碁盤の目のような札幌の街に生まれ育った僕にとって、初めて歩く東京の街並の複雑さは理解を超えて恐怖に近いものがあった。

大学に入学して半年が過ぎ、生活のリズムがそれなりに正確に刻めるようになったことを自覚し、とりあえずアルバイトをしてみようかと僕は思い立った。

アルバイト情報誌を買って、適当に電話をかけて出かけてみることにした。力仕事でもウェイターでも窓拭《ふ》きでも古本屋の店員でも職種は何でもよかった。どうせ何もやったことがないのだから何をやっても同じことだったし、どんな仕事も初体験の自分にとっては楽しいもののように思えた。何であれ、知らないことを知ることになるのである。

胸をふくらませて部屋を出て、電車を乗り継いでアルバイト先を目指す僕に、真っ先に立ち塞《ふさ》がったのは悪夢のように理不尽な東京の五叉路《ごさろ》だった。

代々木《よよぎ》の駅を降りてから順調にきているはずだった。ところが、いつの間にか情報誌の簡単な地図には載っていない五叉路を僕は目の前にしていた。

溜息《ためいき》が出た。交通量や人間の多さにも驚いたが、その膨大な量の車や人間たちが、五本の中から自分の進むべき道を瞬時に選択し、その中に吸い込まれるように消えていく光景に思わず見とれてしまった。

「まあ、いいか」と僕は思った。

何の根拠もないままにそのうちのひとつを選択した。札幌にいた頃には考えたこともなかった言葉が現実として突然、自分の上に降りかかってきた。

方向音痴。

この街にきて、その言葉の本当の意味を僕は知った。

やがて完全に道を失い、人に道を訊く気力もなく漫然とアルバイト先の看板を探しながら僕は歩き続けた。気がつくと、いつの間にか小田急線の参宮橋《さんぐうばし》駅近くにいた。

一時間近くも歩き回り、疲れ果てていたのでとりあえず今日の就職活動はやめて、喫茶店でコーヒーを飲むことにした。

そうやって、適当に飛びこんだ参宮橋駅近くの喫茶店で、由希子と僕は出会ったのだった。

アルバイト先の簡単な地図を広げて、一人で反省会を開いているとき、筋向かいに座っている女の子が泣いていることに僕は気がついた。

「どうしたの？」

気がつくと自分でも驚くほど不意に、そして自然に声が出てしまっていた。

知らない女の子に声をかけるのは生まれて初めての体験だったし、それは自分の中でも最高にやりたくない恥ずかしい行為に位置づけられていたにもかかわらずだ。

「何でもないのよ」と言って彼女は消え入るような小さな笑顔を作った。

何の手がかりもなかったので、とりあえず僕は今日の失敗談、つまり自分が今ここにこうしている理由を彼女に話してみた。

そうすると彼女はそんなに迷惑そうでもなく僕の話を聞いてくれた。そして、彼女は僕のアルバイト先になるはずだった場所が、地図も必要のないくらいに代々木駅のすぐ側にあることを教えてくれた。

「きっと、地図なんかあるから迷うのよ」と彼女は言った。

そして「明日は大丈夫、きっとうまくたどりつけるわ。駅の出口さえ間違えなければね」と僕を勇気づけてくれるのだった。

店は賑《にぎ》わっていて、ざわめく店内にはロッド・スチュアートのしゃがれ声のスローバラードが流れていた。〝アイ・ドント・ウォナ・トーキング・アバウト〟という曲名で、メロウな美しい旋律だった。

「それで、そっちは？」

「それがね、何だか冴《さ》えない話なの」と言って彼女は目を伏せた。

彼女の座る席は窓際で、僕の位置からは逆光だった。秋の清潔な光を背景に、よく焼きこまれたモノクロ写真の物憂げな被写体のように彼女はたたずんでいた。

「私の親友で伊都子《いつこ》って子がいるの」と彼女は光の淵で言った。

「伊都子？」

「そう。その子が、可愛《かわい》くって人なつっこくって人気者なんだけど、ちょっと変わったところがあるの」と言って彼女は薄く美しいラインの唇を噛《か》んで、少しだけ逡巡《しゅんじゅん》のそぶりを見せた。

彼女は窓の外に目を遣り、まるでその先の風景に話しかけるようにこう言った。

「友達の彼氏とすぐに寝ちゃうのよ」

それはためらいを吹っ切るような少し大きな声だった。

「ふーん」と僕は驚きを悟られないように注意深く肯《うなず》いた。

「それでね」と言って彼女は髪を軽くかきあげた。

「私の彼とも寝ちゃったみたいなの」

「それで泣いていたんだ」

「何だか情けなくなっちゃって」

「それはそうだよね」

「バカらしくて。だって私、伊都子のこととても大切にしているのよ。友達と揉《も》めるたびにいつもあの子の味方になってかばってあげていたのに」

そこで会話が途切れた。

僕はぬるくなったコーヒーに口をつけた。

静かな会話が少しずつ積み重ねられたような心地よいざわめきの中で〝アイ・ドント・ウォナ・トーキング・アバウト〟はエンディングを迎えようとしていた。

彼女の長い睫《まつげ》の間から涙がみるみる溢れて、やがて零《こぼ》れ落ちた。

とにかく何かを話さなくてはいけないと僕は思った。好物の昆虫を前にしたカメレオンの目のように僕の思考は気づかれないように注意深く、角度を変えながら激しく動き回った。

僕は昨日読んだばかりの話を思い出して彼女に伝えることにした。ただし、これは英語で書かれたライナーノーツで、辞書も引かずに読んだから間違っているかもしれないけどねと注釈をつけて。

それはスウェーデンの四人組のロックバンドの話だった。男二人、女二人の二組のカップルで構成されたそのバンドはチームワークもよく、音楽的にも経済的にも誰もが羨《うらや》むほどの成功を収めていた。やがて彼らはスウェーデンを越え、ヨーロッパをも越えて世界的な名声を勝ち得るところまでのしあがっていった。ところが、世界制覇を果しつつある頃に四人に異変が起こり始める。ボーカルを担当していた女の子が、もう一人の女の子の彼氏を奪ってしまい、二人の男と同時に付き合い始めてしまったんだ。四人のグループの中で、彼氏を奪われてしまった子は一人完全に孤立してしまう。自分の彼氏だった男と、彼氏を奪った親友とその彼氏、その三人に囲まれてワールドツアーを続けていくという悲惨な状況になってしまったんだ。彼女は当然、ツアーに参加したくなかったんだろうけど、しかしスウェーデン国内ではボルボに次ぐといわれるくらいの莫大《ばくだい》な外貨を稼いでいて、それはもう、ひとつの巨大な企業のようなもので、女の子一人の意志などでどうこうできるような状況じゃないんだよ。で、彼女は張り裂けんばかりの胸の痛みと、孤独感や屈辱感を抱え、それに耐えながらワールドツアーを続けて、その心境を次々に歌詞として綴《つづ》っていく。彼女がその悲しみを歌に託して、その歌を自分の恋人を奪ったボーカルが歌うという異常事態が続くんだ。しかも、その歌が次々と世界的な大ヒットになっていく。

彼女はアイスティーの入ったグラスを時々ストローでかき回しながら、黙って僕の話を聞いていた。

「どう思う?」

「せつない話ね」

「でね、僕がそれを読んで思ったことは、本当に幸せになったのは一体誰なんだろうということなんだ」

「つまり、彼氏を奪ったボーカルと歌を作った人?」

「そう。本当にどれもが透明感のある繊細で美しい、きっと何十年も残っていくような曲だよ」

フーッと彼女は小さな溜息をついた。そして、それっきり黙りこんでしまった。

僕も何だかゼンマイの切れかけたブリキのおもちゃのように疲れ果て、ぐったりと黙りこんだ。

彼女は何も言わなくなりぼんやりと外を眺めていたので、僕も何となく外を眺めることにした。そこには僕が初めて体験する、少しも秋らしくない東京の秋の風景があった。

北国の秋のように、これから長く厳しい冬に向かうのだという重苦しさは少しもなく、むしろ長く厳しかった夏の暑さから解放されていくのだというさわやかな光景が広がっていた。

三十分ほどの沈黙が流れた後、彼女は突然立ち上がった。

「私、これから下北沢《しもきたざわ》に行くの。あなたはどっち?」

「西武新宿線の都立家政《とりつかせい》」

「じゃあ、新宿経由ね。参宮橋の駅まで一緒に歩かない?」

「連れて行ってくれるの」

「そうしないとあなた、今度は渋谷《しぶや》かどこかの喫茶店に入る破目になりそうだもの」

二人は喫茶店を出てぶらぶらと参宮橋の駅まで歩き、改札口で別れた。

僕は新宿行きの手前のホームに、彼女は階段を上がり跨線橋《こせんきょう》を渡って線路を挟んで向こう側のホームへと降り立った。

お互いのホームには電車を待つ人たちがいて、他愛のない会話を交わしたり退屈そうに煙草をくゆらしたりしていた。季節はずれのタンポポが涼しげに風に揺れていた。

彼女は淡いレモン色の半袖《はんそで》のワンピースに白い薄手のカーディガンを羽織って、線路を隔てて僕の殆《ほとん》ど正面に立っていた。

やがてホームに新宿行きと向ケ丘遊園《むこうがおかゆうえん》行きの普通電車が同時に滑り込んできた。二台の電車に遮られて彼女の姿は見えなくなった。

パラパラと電車から降りてくる人、ゆっくりと乗り込んでいく人。大都会の真ん中にある駅とは思えないほどに何もかものんびりとしていた。

なぜかはわからないけれど、僕は急に電車に乗ることを思いとどまった。電車を一本やりすごそうと思ったのだ。

シューッという蒸気が抜けるような音とともにドアが閉まり、やがて二台の電車は静かに逆方向へとそれぞれに動き始めた。

電車が走り去り、静まり返った線路の向こう側に僕はぼんやりと目を遣った。

そこに、もう電車に乗りこんだはずの彼女が立っていた。薄い唇をきゅっと結んで、瞳は「本当にもう」という感じに笑っていた。

「ねえ、あなた」

彼女は二つの掌《てのひら》をメガホンのように口に添えて、向こう側のホームから驚くほどに大きな声で僕に向かって叫んだ。

「私の名前は川上由希子」

僕は耳に手を当てた。

「電話番号は――。ちゃんと憶《おぼ》えておくのよ。忘れないで電話するのよ」

彼女の透き通るような高い声が、人がいなくなったホームに響き渡った。

「ああ」と僕も叫んだ。

「それと、女の子に初めて会ったときは名前ぐらいは訊くものよ。今日はどうもありがとう、三十分も沈黙につきあってくれて」

彼女の甲高い声のひとつひとつが、僕の耳に入り胸の中で反響した。

「それとね、大抵の女の子の幸せはボーカルの方。あなたの話は少しも慰めになっていなかったわ。でもね、本当にありがとう。じゃあね。あなたの名前は電話で教えてね。方向音痴君」

それだけ言うと、彼女はホームの先へと歩き出してしまった。

方向音痴君か。

それも悪くはないのかもしれないな、と僕は思った。あの悪夢のように理不尽な五叉路が僕をここに導いてくれたといえなくもないのだから。

こちらのホームでは、相変わらず秋のタンポポが呑気《のんき》に風に揺られていた。

＊

次に鳴った電話はなかなか鳴り止まなかった。時計は午前三時を指している。クーとモモはもう自分たちの小屋に入って、折り重なるように仲良く寝ていた。悪夢にうなされているのか、モモが急に小さな叫びを上げる。その度にクーはモモの体を舐めてやっていた。

僕は何本目かの缶ビールを冷蔵庫から取り出して、水槽を眺めながら二日続けてかかってきた由希子の電話について考えたりしているところだった。

「寝てたか？」

十数回目のコールで受話器を取ると、森本は静かな声でそう言った。

「いや、起きていたよ」

「今、大丈夫か？」と森本は僕に訊いた。森本が電話をかけてきてこちらの状態を気にすることなんかこれまで一度もないことだったので、僕は少なからず驚いた。

「俺なあ、今断酒しているんだ。神戸の病院で、今度酒を飲んだら必ず死にますよって宣告されちゃった」

森本の声は沈んでいた。

僕は部屋に流れているポリスのCDを止めた。意識に届くか届かないかのその音ですら障害に思えるほどに森本の声はか弱かった。

「それで、禁酒したんだ。そうしたら今度はひどい鬱《うつ》状態になっちゃって。今、入院中なんだ。これ、病院の公衆電話からだ」

僕の頭の中に大きな病院の長く暗い廊下の映像が浮かび上がった。誰かがペタンペタンとたてるスリッパの音のイメージがそれに続いた。

「前、山崎に話したことがあると思うけど、交通事故か何かで尻尾《しっぽ》が千切れた白い犬がさあ、その千切れた尻尾のイメージを追いかけて独楽《こま》のようにクルクルクルクルと回っているのを見たことがあるんだ。失われた尻尾が痛いのかあるいは痒《かゆ》いのか、とにかくそこにあったはずの残像を一日中追いかけ回しているんだよ」

「その話は憶えているよ」

「どんなにスピードをあげたって二度と追いつくことはできない。だって、そうだろう。そうすればそうするほど逃げていく残像も加速するわけだから」

「それは、そうだ」

「それ以来、俺の頭の中に一匹の尾のない白い犬が住み着いた。いつ何をやっていても、頭のどこかであの犬がクルクルと回り続けているんだ。過去の記憶や映像がこんなにも鮮明に在り続けるものだと俺は思ってもいなかった。クルクル回り続ける犬は自分自身の姿なんだろうな、きっと」

「なあ、森本」と僕は言った。

「ああ?」

「俺さあ、お前から電話がかかってくると考えることがあるんだ」

「何を?」

「いや、俺もお前もそれにおそらくは誰だってそうなんだろうけど、高校時代から随分と好き勝手言ったりやったりしてきたよなあ。人を攻撃したこともあったし、傷つけたこともあっただろう。唯一自分に大切なのは感性であり、その感性を振り回して生きていけばいいと思いこんでいた。若いうちはそれでよかったんだ。だけどな、俺もいつからかそんな生き方をしている、あるいはしてきた自分に何か居心地の悪さを感じるようになった」

そのことにある日突然、僕が気がついたのは新宿の酒場でのことだった。今から数年前のことだったと思う、僕は数人の編集者仲間と飲んでいた。そして、我々が座った隣の席で若者同士ののしりあいが始まった。新宿ではそんなことは日常茶飯事のことなので誰も気にもしていなかったのだが、それを横で聞いていた僕はふと物凄い不安感と危険を感じてしまったのである。

舌鋒《ぜっぽう》鋭く友達を批判する若者の顔を僕は見た。そして、心の底からやめた方がいいと感じた。そんなことを思ったのは生まれて初めてのことだった。

その言葉はおそらくは二十年後も忘れることなく、自分のなかに在り続ける。そして、ある日突然、自分を苦しめ出すことになる。だから、やめた方がいい。もう、それ以上はやめた方がいい。今は勢いで何を言っても許されるのかもしれないけれど、でもその言葉は確実に二十年後の自分のなかにも、勢いがなくなりつつある自分の中にも、驚くほどに鮮明に在り続けるのだから。

「そう。若いころは、すべては時とともにきれいさっぱり消え去っていくものだと錯覚していた」と僕は言った。

「そうなんだ。しかし、記憶は思ったように簡単には消えてくれない」と森本はうめくように言った。

「感性の集合体だったはずの自分がいつからか記憶の集合体になってしまっている。そのことに何ともいえない居心地の悪さを感じ始める。今、自分にある感性も実は過去の感性の記憶の集合ではないかと思って、恐ろしくなることがある」

「感性の記憶の集合かあ」

森本は病院の薄暗い廊下の片隅に備え付けてある公衆電話に、よりかかるようにして僕の話に耳を傾けているのだろうか。パジャマ姿の森本を想像すると、胸が塞がれる。

「人間が感性の集合体から記憶の集合体に移り変わっていくとき、それがもしかしたら俺たち四十歳くらいのときなのかなあと思うんだ。もしかしたら、三十歳くらいから徐々に始まっていたのかもしれないけど。森本がおそらく間違っているのは、その記憶を追いかけ追い詰め、それと対峙《たいじ》しようとすることなんじゃないかな。だけど、いくら酒を飲んだって何したって、記憶は消えないし戦えない。回り続ける犬と一緒で、永遠に尻尾を咥《くわ》えることはできないし、それは消耗を意味するだけだ。やってしまったことはやってしまったことだし、言ってしまったことは言ってしまったことなんだ」

「記憶とは戦えない？」

「そう。なぜなら記憶は自分自身の一部だし、俺たちは否応《いやおう》なしに記憶とともに生きているから」

電話の向こうから突然、森本のすすり泣く声が聞こえてきた。それは、フィーッ、フィッ、フィッというように僕には聞こえた。

「森本？」と僕は言った。

森本は何も言わなかった。すすり泣く声の後ろには巨大な暗闇が横たわっているように思えて僕は身震いした。それは森本の背後で彼の存在自体をも吸いこもうとしているのかもしれない。やがて、すすり泣く声は途絶え、電話からは何の音も聞こえなくなった。しかし、電話はつながっていたし受話器の向こう側にはおそらく森本がいる、そんな状態が何分か続いた。

「森本、森本？」と僕は何回か声をかけたけれども、返事はなく暗闇と同じような沈黙だけが受話器の先にはあった。

バクテリアが飽和した状態の水槽にホルマリンを投与するように、森本はアルコールを自分の脳に注ぎこみ続けたのかもしれない。しかし、投与する量を間違えるとバクテリアの数が減りすぎて水槽はほんのわずかな時間でバランスを崩し崩壊してしまう。

僕は今、森本が戦っている彼の背後に横たわる巨大な闇のことを思った。崩壊しつつある自分の生態系を必死に立て直そうとしている森本の戦いのことを思った。そして、彼がその戦いに勝ち、記憶と共存する方法を見つけ出し、それとともに生きられる日がくることを祈った。

突然にガシャンという音とともに電話は切れた。それからしばらく僕は電話を待ったけれど、もう二度と再びベルが鳴ることはなかった。

東京の少しも秋らしくない秋はそれでも少しずつ深まっていった。

僕のキャンパスへの拒否反応は日を追うごとに際限なく増大し、それはほとんど恐怖症といっていいくらいに膨れ上がってしまっていた。

*

彼女と偶然、参宮橋駅近くの喫茶店で会った次の日、言われた通りに僕は代々木駅の改札を出て無事に会社にたどり着くことができたのだが、受け付けでアルバイトは昨日で締め切りましたと言われてしまった。自分のどこにどんな欠点があるのかはよくわからなかったが、その後に受けたアルバイトの面接の結果は全くといっていいほど芳しくなかった。

僕は毎日のようにアルバイト雑誌に目を通し、簡単な地図を頼りに東京中を彷徨《さまよ》い歩いたが、簡単に職を得ることはできなかった。

一カ月ほどをそんな状態で過した。大学へは行かず、アルバイトを探すために昼間の何時間かを無為な東京散策で終わる。そんなことを繰り返しているうちに、何もかもがどうでもいいという虚無感のようなものが心のなかに棲みついてしまっていた。それは、結核によってできた肺の空洞のようなものなのかもしれなかった。

森本はウィルス性の肝臓病を患い、札幌へ帰郷していた。約半年間の入院と静養が必要とのことだった。

森本がいなくなってしまうと、東京には一人の友達も存在しないことに僕は今更のように気がつき愕然《がくぜん》とした。だからといって、誰か友達になって下さいとプラカードを提げて大学に行く気持ちには全くなれなかった。

僕は都立家政のアパートにこもった。

毎日毎日、本を読んで過すことにした。朝も昼も夜もなく、古本屋で適当に買い漁《あさ》った本を片っ端から読んだ。仕送りがきた日に大量に買い溜めておいた、インスタントラーメンが食事のほとんどすべてだった。そのふたつがあれば、何の不自由も退屈も感じなかった。少なくとも、最初の三週間くらいの間は。

電話は誰からもかかってこなかった。いかに社会というものが自分に用がないかを、沈黙する電話に教えられた。

六畳間の万年床に寝転がってただ本を読み続ける生活。テレビもラジオすらも持っていなかった。壊れかけたカセットテープレコーダーから、札幌から持ってきた数本のカセットテープが流れ続けていた。そのほとんどがレッド・ツェッペリンの鉛のように重くて暗いブリティッシュ・ロックだった。それ以外にはポリスが一本あるだけだった。

「これいいから聞いてみろよ」と森本が置いていってくれたものだった。

一日に三冊も四冊も本を読んだ。他にすることがなかったからである。近くの古本屋でただ同然で売っている本ばかりだった。料理の本でもSFでも哲学書でも時代小説でも、ジャンルは何でもよかった。大事なことはひとつ、ただ同然ということだけだった。

そんな生活が二カ月も続くと、精神状態が少しずつではあるが確実に不安定になっていった。一日に二回食べるインスタントラーメンから、二十歳の人間が補給すべき十分な栄養を期待することはできるはずがなかった。おそらくは軽い栄養失調のような状態だったのだろう、それが原因で眩暈《めまい》に襲われ続けた。

自分は川底にあお向けにへばりついていて、その場所から外界を見ている。そんな錯覚とも幻想ともつかないような感覚に囚《とら》われはじめた。その驚くほどに透明な川の底からは、光も感じるし、木々の緑も空の青さも見ることができる、そして鳥が川の上を横切るように飛んでいく姿も見える。ここは浅瀬で手を伸ばせば、そこに届くのかもしれない。しかし、さらさらと流れていくこの水の流れの中にとどまっていたい。ここであお向けに寝転がり、ただ美しい空やくすんだ太陽や川面のきらめく光を眺めていたい。それで、時間だけがこの水の流れのように淀《よど》みなく流れていってくれれば……。

そのころから僕は本を読むことさえやめた。カセットを聞くこともなくなった。ただ、一日二回、どんなに食べたくなくてもインスタントラーメンだけはすすり続けた。

やがて、自分にとって決定的ともいえる出来事が起こった。それは、札幌の母親から送られた一枚の葉書によってもたらされた。


〝元気でお暮らしのことと思います。

隆二がショックを受けると可哀想だと思ったので黙っていたことがあります。トムが四月に死にました。朝起きて餌《えさ》をやりにいくと、桜の木の下のいつもの場所で眠るように死んでいました。少し遅くなりましたが報告しておきます。

頑張って勉強して下さいね〟


トムとは小学生のころから僕が飼っていた、雑種の犬の名前だ。母親からの葉書は、その犬がもう半年以上も前に死んでいたという事実を僕に知らせるためのものであった。

それは、母が心配していたように僕に計り知れないショックを与えた。

トムが死んだことがショックというのではなかった、そうではなくてその葉書を読むそのときまで僕の中に確実に生き続けていたトムとは一体、何物なのかということだった。

半年以上前に死んでいたトムは、それを知らされなかったというたったそれだけのことで、僕は生きているトムとして感じたり思い出したり遊んでやりたくなったりしていたのである。少なくともこの半年の間、僕は生きているはずのトムと付き合っていた。

その日、僕は一際ひどい眩暈に襲われた。それは栄養失調ではなくて、生きていること、あるいは存在していることのあやふやさ、そんな漠然とした恐怖感がもたらしたものだった。

僕は川底に沈みこんだ。

その場所からゆらゆらと揺れ続ける外の風景を眺めていた。夜も昼も、部屋の電気は点けっぱなしだった。それは、川底にいる僕にとっての太陽だった。空は広く、鳥たちは飛び交い、蝶が舞っている。川は流れ、魚が矢のように泳ぎ去っていく。これでいいのかもしれない、と僕は思った。都立家政の六畳一間のアパートの万年床の上に寝転がり、こんなに美しい眺めをゆらゆらとした現実を見続けることができる。きっと、もう手を伸ばしても届かないのかもしれない。自分は少しこの場所に長くいすぎて、気がつかないうちに深みにはまってしまっているのかもしれない。

その証拠に、あんなに鳥たちがたくさん飛び交っているのにひとつの囀《さえず》りも何の物音も聞こえないし風を感じないじゃないか。

孤独だと思った。

そう思ったのは、おそらくは生まれて初めてのことだった。これが孤独というものなのかと思った。それなら、それでもいいや、このままこの川底に横たわってひたすら時間が流れていくのを待ち続けていよう。

そんなことは一度もなかったのに、川底にいた僕は息苦しさを覚えるようになっていた。何なんだろう、どうしたんだろう、この息苦しさは。もう自分は駄目なんだろうか。きっと重度のノイローゼか何かなんだろうな。もう何カ月も人と話をしていない。このまま、息ができなくなってしまうのだろうか。それなら、それでしかたないな。

僕は本当に息ができなくなり、胸をかきむしってもがいていた。もう限界かと思ったときに十回に一回くらいだけ、浅い呼吸を何とかすることができる。あんなに清らかな光にゆらめいていたはずの川面《かわも》が、いつ見ても暗くなっている。鳥も木の緑も何も見えない、ただかすかな光源の存在だけは辛うじて感じることができた。

そのとき、川の外に一人の女性の姿が映った。淡いレモン色のワンピースを着て、白いカーディガンを羽織っていた。彼女は体中の力を振り絞るように、僕に向かって叫んでいた。

「私の名前は川上由希子」

川底にもその声ははっきりと響いた。

「電話番号は――」

もう三カ月も前のことなのに、まるでビデオの映像のようにそのまま蘇《よみがえ》ってきた。

涙が溢れた。

僕を呼んでくれている人がいる。

涙がまた溢れ、そして僕は声を上げて泣いてしまった。どうしても抑えることができずに、嗚咽《おえつ》をあげ体中を震わせながら泣き続けるしかなかったのだった。

*

「もしもし」と彼女は言った。

「もしもし」と僕も言った。その声も受話器を持つ手も情けないくらいにブルブルと震えていた。

「川上由希子さんですか」と僕は言った。

「あなた、誰？」

「あの、三カ月くらい前に参宮橋の喫茶店で会った……。バイト先をうまく見つけられずにいた者です。もう忘れましたか？」

「ああ。あの時の方向音痴君かあ」

こわばっていた彼女の声が少しだけ柔らかくなった。

僕は彼女に今の自分の状況をできるだけ正確に説明した。孤独という川の底にあお向けに横たわり、息ができなくなりつつある。きっと、軽いノイローゼか神経症なんだろうけれど、とにかくとてもまずい状態で、しかも誰一人話をする人も相談する人も思いつかなくて、こうして君に電話をしている。こんなことをお願いできるような間柄でないことは十分にわかっているつもりだし、迷惑ならそう言ってくれれば電話を切るから、少しだけ自分の話し相手になってくれないかな。

「いいわよ」と彼女は言った。

僕はほとんど誰とも会話をしなかった、この何カ月かの鬱憤《うっぷん》を晴らすようにひたすらしゃべり続けた。一時間が過ぎ二時間が過ぎ、その間、彼女はほとんど何もしゃべらずにただ「うん」とか「へえー」とか簡単な相槌《あいづち》を打つだけだった。そして、三時間が過ぎ四時間が過ぎていった。

「ねえ、君」と彼女は言った。

「うん?」

「もう、午前二時よ。まだ、話し足りない?」

「あっ、もうそんな時間かあ」

「うん。いいのよ。あなたがそれで気が済むなら私は別に。あなたの話はそれなりに面白いし退屈はしないわ。ただね、耳たぶがペッタンコになっちゃったの」

「そうかあ。そうだよね」

「今日のところはもう勘弁して。ただね、言えることがあるとすれば、やっぱりあなたは方向音痴だなってことね。色々なことに方向音痴。だから、人よりも何倍もの路地を歩く結果になるのよきっと。それで、今は疲れ果てているんだと思うわ。川底にいるのはやめて、とにかく現実の中に横になった方がいいと思うわ。そうして、何も考えないで眠るのよ。ただ、ひたすら寝ること。今のあなたが何かを考えればきっとそれはすべて迷路。そこをいくら歩いたって、ただ疲れるだけでどこにもたどりつくことはないわ、きっと。一度、代々木の駅に戻ることよ、そして出口の確認をすること。そうすれば、目的地は意外に簡単に見つかるかもよ」

最後に彼女は僕の名前と電話番号と住所をきちんと教えて欲しいと言った。僕はそのときに初めて、自分の名前すらも彼女に伝えていなかったことを知り、また川底に戻りたくなってしまった。

とにかく、僕は彼女の言う通りにしようと思った。電話を切って布団に横になると、随分と呼吸が楽になっていた。そして自分が今いる場所が確かな現実であるように思えてきた。それは何とも不思議な感覚だった。痺《しび》れていた脳髄に少しずつ血が巡っていくような感覚を覚えた。流れていく血は温かく、プラスチックの管のように固まっていた血管を少しづつ揉みほぐし押し広げながら、何重にも何重にも通り過ぎていった。

「あの半年間、トムは本当に死んでいたのか?」

意識の遠くの方から何度かそんな囁《ささや》きが聞こえてきた。わからない、今はわからない、それでいいじゃないか。とにかく今は彼女に言われた通りにしよう。

代々木駅に戻り、そしてひたすら眠るのだ。

*

何日間眠っていたのかわからない。それは、眠っていたというよりも意識を失っていたに近いような状態だった。

小さな昆虫が生命の恐怖を感じたときに、身を丸め仮死状態を作り出すように、僕は孤独という恐怖から逃れるために、同じようなことをしていたのかもしれない。

鳥の声が聞こえたような気がした。風を感じたような気がした。無意識と睡眠の中間くらいに位置する深い深い眠りから目を覚ますと、僕の横で彼女が座って本を読んでいた。銀色のカバーの薄い文庫本だった。

「目が覚めた？」と彼女は言った。

「ああ」

窓を背にして腰掛けている彼女は、かなりきつい逆光の中にいた。顔もよく見えなかったし、着ている洋服の色もわからなかった。

「『シューシュポスの神話』？」

「そう。『シューシュポスの神話』よ」

「ありがとう。助けにきてくれたんだね」

「そう。今日でもう二回目よ」と彼女は言い、「もう、永遠に目を覚まさないのかと思ったわ」と微笑《ほほえ》みながら続けた。

「何日たったのかなあ」

「わからないわ。いつから？」

「うん。僕が君に電話をした日から」

「一週間」と彼女は答えた。

「一週間かあ」

「あれから電話もこなくなったんで、住所を頼りに来てみたの。鍵《かぎ》が開いていたからそのまま上がりこんだ。そしたら、君、随分幸せそうな顔で寝ていたわ。だから帰った。今日も、もし目を覚まさなかったら、帰ろうかなと思っていた」

「そうかあ」

「起きられる？」

「うん」

「じゃあ、もうそろそろ起きたら。一生眠りながら生きるわけにもいかないんだから」と言うと彼女はオレンジジュースをコップに入れて運んできた。手渡されると僕は一気にそれを飲み干した。甘酸っぱいオレンジの香りが突き刺すように勢いよく口の中に広がっていった。

次の日、朝七時に由希子は僕の部屋を訪ねてくれた。

由希子は部屋に上がりこむと勢いよく窓を開けた。冬の冷たい空気が心地よかった。

「さあ、起きて」と由希子は言った。

「もう休暇は終わりよ」

その声を聞いて僕は思った。

そう、もう休暇は終わりなんだと。

由希子は作ってきたサラダやらサンドウィッチをテキパキと食卓に並べると、「ちゃんと食べてね。私一時限から授業だから」と言って部屋を出ていってしまった。

僕はのろのろと立ちあがり、由希子が用意してくれた食事を懸命に頬《ほお》ばった。そして、僕が寝ていた布団以外の空間が、驚くほどきれいに掃除されていることに初めて気がついたのだった。

＊

それから、由希子と僕のつきあいは始まった。僕は大学一年生、由希子は女子大の一年生。東京の季節はそれでも秋らしくない秋から、冬らしくない冬へと移りゆき、僕はこの地で新しい正月を迎え、生まれて初めて体験する北国とは異質の寒さに身を硬くしていた。

由希子と僕はとても仲のよいカップルになった。

僕が苦手なことについて由希子は手際よく手伝ってくれたり、的確なアドバイスを与えてくれた。僕が苦手なこと、例えば何かを選択するということなどをだ。

その頃の僕は何かの中から何かを選ぶという作業が大の苦手だった。というよりも関心がなかったという方が正確かもしれない。

洋服屋にしてもレストランにしても、道順にしてもアルバイトの職種にしても大学の授業にしても、毎日毎日誰かから何らかの選択を迫られ、それに対して何の根拠もないままに答えを提示しなければならない。

生活そのものがまるで選択肢の洪水だった。

僕を滅入らせる罠《わな》のような、あまりにも多すぎて似通った選択肢の数。僕はいつもその前で眩暈を起こし、そして結局は何を選んだとしても何も変わらなかったことに気付き、また眩暈を起こした。

その点、由希子は何かを選ぶことの根拠をしっかりと持っていた。

それは損得の場合もあるし、好き嫌いの場合もあった。そして、これといって特に理由がつけられないように思えるときもあった。必ず得の方を選ぶのかといえばそうでもなく、平気で嫌いな方を選ぶこともあった。

ただそこには、いつも何がしかの根拠と自信が感じられた。由希子の選んだものは結果的に正しく、そして明快だった。

由希子は僕のためにも嬉々《きき》として何かを選んでくれた。僕はその理由や根拠を注意深く観察したり、ときにはその理由を由希子に問いただしたりもした。

丈夫だとか健康にいいとか、楽しそうだからとか、その都度由希子は簡明な答えを僕に提示してくれるのだった。

　僕は由希子に永遠というものの概念や時間の意味について自分なりの勝手な解釈を説明したり、宇宙の始まりと終わりについての物語を聞かせてやったりした。

　例えば永遠について。

「これは中国の言い伝えだよ」

「オーケー」

「千年に一度天女が舞い下りてきて、三千畳敷きの岩を桃色の絹の羽衣で一掃きする。三千畳だよ」

「千年に一度、三千畳ね」

「そう。そして、その巨大な岩が擦り切れてなくなるまでの時間を永遠という」

「へえーっ、じゃあ永遠って無限じゃあないんだ」

「どうかなあ。やっぱり無限なんじゃないかなあ」

「千年に一度かあ」

「気が遠くなるね」

「何となく胸が苦しくなるわ」

　そんな話を由希子は半分は興味がなさそうに、それでも半分は熱心に聞いてくれた。

都立家政の僕の薄汚れたアパートで二人は畳の上に敷かれた万年床に寝転がりながら、そうやってほとんどの時間を過した。

英語で書かれたライナーノーツやSFの原書を、僕は辞書を引かずに適当に翻訳して由希子に聞かせてやった。間違いだらけだろうが、ストーリーさえ大幅にずれていようが二人にはそんなことは大きな問題ではなかった。知らない単語には想像力を駆使して、語呂《ごろ》のいい日本語を当てはめた。辞書を引くよりも、その方がよほど楽しかった。

由希子がもういやだと言うまで、僕はあらゆる種類の本やライナーノーツを読んで聞かせ、自分の中にあるありとあらゆる概念を言葉にして語った。

デートらしいデートはほとんど一度もしなかったけれど、二人はそれで十分だった。

*

二人は数え切れないほどセックスをした。

由希子はいつも「アッ、アッ」という小さな声を上げ快感に体を小刻みに震わせた。自分に襲いかかってくる歓喜に抵抗するかのように苦悶《くもん》に似た表情を浮かべ、そして最後にはその抵抗を解き放ち、細く透き通るような白い足をこれ以上ないくらいに大きく広げて、まるで二人の間に横たわる隙間《すきま》を少しでも埋めようとするかのように、性器をすりよせてくるのだった。

セックスをすることによって、もしかしたらまだどこかに存在しているかもしれない、お互いの見えない部分を一つずつ塗りつぶしていこうとしていたのかもしれない。確かにそれは塗り絵みたいにはかなく思えることもあった。しかし、そのはかなさが二人をより強く結びつけているようにも思えるのだった。

「バイカル湖の話って君にしたことあったっけ？」

由希子のまだ濡《ぬ》れている性器を指で触りながら僕は言った。

「バイカル湖ってロシアの？」

「そうそう、そのバイカル湖」

「覚えていないなあ」

「忘れちゃった？」

「覚えてない」

「まあ、いいや。つまりバイカル湖ってね、まあ言ってみれば大地の上に描かれた女性の性器みたいなものなんだ。形もよく似ているしね」

「性器？」

「そう性器」と言って、僕は由紀子の性器を撫でた。

「それで？」

「それでね、その湖は世界一の透明度だって小学校の社会科の授業で習ったような覚えがあるんだけど、でも今考えればそれは摩周湖と教わったような気もするし、それに誰が水の透明度なんていう観念的なことを考えて、それを世界中の湖で計測して資料にして地理で教えるなんてこと考え出したんだかもうわけがわからないし、まあそんなことはどうでもいいんだけど、とにかくその湖はシベリアの森の奥深くにひっそりとたたずみ世界一か世界で二番目の透明度を誇る水をたたえている。きっと人もほとんどよりつかないんだろう。湖のほとりには危険な動物がたくさん潜んでいて、それにやぶ蚊がブンブン飛んでいる。そんな気がする」

「私、何だか眠いなあ」

「まあ、我慢して聞いて」

「はーい」

「そこにね、周囲に住んでいた人たちは何千年も昔から、死人を捨ててきた。つまりインド人がガンジスに子供の死体を流すように、人が死ぬと、いや人だけじゃなくて犬でも猫でも鳥でもね、死んだものは何でも捨てた。どんどん放りこんだ」

「死人を？」

「そう」

「何のために？」

「理由なんかないさ。ずーっとそうしてきたから、だからみんなそうした」

「観念的な透明度世界一の湖に？」

「そういうこと。そこに死そのものをどんどん放りこんだんだ」

「もう、疲れちゃったよ。私もそこに放りこんでよ」

「まあ、いいから聞いて。それでね、僕はバイカル湖のことを考えるのが凄く怖いんだ。それはきっと死んでしまったものを何もかも放りこむのに、いつまでたっても透明だから怖いんだろうな」

「もう、いやよそんな話ばかり」

「もうすぐ終わるから聞いて」

「じゃあ、我慢する」

「そこをね、周りに住む人々は記憶の湖と呼ぶんだ」

「記憶の湖？」

「そう。最初は死の湖って呼ばれていたと思うんだけど、いつからか記憶の湖になった」

「どうして？」

「知らないよ。昔からみんながそう呼ぶからそう呼ぶんだろうし、いつからか呼び方をそう変えたからそうなったんだろう」

「そうか」

「そしてね、まあそこで泳いでも魚を採っても水を汲《く》んでも要するに何をしてもいいんだけれど、覗《のぞ》きこむことだけはいけないっていう言い伝えがあるんだ。きっとある」

「世界一透明なのに？」

「そうだよ」

「せっかく透明なのに覗かないなんて、どうなっているのよ」

「まったくその通りだね」

「女性の性器の形に似ているの？」

「そう。よく似ている」

「私の性器の形にも似ている？」

「そりゃそうだよ」

「濡れているの？」

「ああ、いつも濡れている」

「指を入れてみたい？」

「ああ」

「塩の匂《にお》いがするの？」

「ああ、きっとね」

「それっていい匂い？」

「ああ。いい匂いだよ」

「舐めてみたい？」

「ああ」

「底に何が見えるの？」

「何も見えない」

「なぜ？」

「透明だから」

「どうして？」

「バイカル湖はとてつもなく深いんだ。確かそれも世界一かな。世界一深くてそして世界一透明なんだ。だから何も見えない」

「何も？」

「そう。何も」

「本当に何も？」

「うん。たぶん本当に何も」

p.f. 2

雑誌の出張校正というのは何とも煩雑な作業である。出張校正室と呼ばれる十畳ほどの部屋に詰めこまれて、山のように積まれたゲラを一枚一枚読みこんでいく。市ヶ谷にあるこの印刷所の出張校正室は六十部屋ほどが、養鶏場のケージのように並べられている。

編集者はその中に詰めこまれ、活字という卵を産み落としていくのである。

「月刊エレクト」の出張校正室には編集者、デザイナー、校正マン、アルバイトを含めて六人の人間が、皆退屈そうに煙草をくゆらせていた。

小学校の教室にあるような丸い無愛想な壁掛け時計は午後三時を示している。すべての作業が終わるまでには、あの時計の短針が優にもう一回転はするだろうことは、今までの経験が教えていた。

校正が大嫌いな五十嵐はスポーツ新聞を読み耽《ふけ》っている。ここは捕虜収容所みたいなもので、もし締め切りに間に合わず印刷が手遅れになったと印刷所が判断した瞬間に、あの天井のスピーカーから毒ガスが流しこまれるのだというのが五十嵐の妄想であり持論だった。

校正マンの大沼《おおぬま》は、ぶつぶつ言いながらクロスワードを解いている。ベテラン校正マンの彼は、出張校正の日には必ずクロスワードの雑誌を一冊買ってきて手のあいた時間には格闘を始めるのだ。

早苗は色校の上がりが気に入らないらしくて、機嫌が悪い。太股《ふともも》と性器の中間あたりの赤と茶色が入り混じったような微妙な色が出てこない、のっぺりしていて肌の質感が全然リアルじゃないと嘆いている。皮膚から性器に変わるぎりぎりの肌の感じが出なければこの写真は意味がないとふてくされている。

「この子、顔はまあまあ可愛《かわい》いんだけど、毛深いしこの辺の色が汚いのよねえ。びらびらもちょっと大き過ぎるのよ」と独り言を言っては溜息《ためいき》をつきながら色校を眺めている。

僕は煙草を吸いながら、再校の束をチェックしている。午後一時にここに来て、約二時間で百ページくらい目を通しただろうか。

とりあえず校正するゲラが手元になくなったので、僕は一旦部屋を出ることにした。次の記事が組み上がってくるまで三時間はかかりそうな気配である。

「五十嵐さん」と僕は呼んだ。

「行きますか?」と五十嵐は言った。

「うん、今しか時間がないんじゃないかな」

「行くって沢井さんのところですか?」と早苗が訊《き》いた。

「ああ」と僕は答えた。

「カラーページもう校了なんで、私もついていっていいですか」と早苗は言った。

「もちろん」と僕よりも先に五十嵐が答えた。

外は雨が降っていた。それでも、出張校正室の息詰まるような空気から脱出すると、ふわっと肺が一回り大きく膨らんだような解放感を覚えた。

「よかった、私まだ一度も沢井さんのお見舞いにいっていなかったから」

タクシーに乗りこむと早苗が言った。それっきり、四谷《よつや》の病院に着くまで三人は、ぼんやりと五月の雨を眺めているばかりで何ひとつ会話を交わすこともなかった。

*

沢井は個室のベッドの上で静かに眠っていた。体のあちこちにつながれた管や、ベッドのすぐ横に置いてある呼吸数や脈拍や血圧などを刻々と表示する機械が、沢井の状態の深刻さを物語っているように、僕には思えてならなかった。

「お父さん、山崎さんよ」と付き添いをしている娘の洋子《ようこ》が、耳元で声をかけた。

眼鏡をかけたままうつらうつらと眠っていた沢井の目がその声で、ぱっと開いた。

「よう、よう」と沢井は小さな掠《かす》れた声でそう言った。

「早苗ちゃんもきてくれたか」と早苗に向かって嬉《うれ》しそうに手を差し伸べた。早苗はその手を両手で受け止めると優しくさすり始めた。

「どうせ、毎日徹夜なんだろう」と沢井は目を細めて早苗に言った。

「もう、毎日この二人にこき使われています。今日も帰れるかどうかわかりません」

「そうか、そうか。早苗ちゃんは頑張り屋だからなあ。あんまり無理しないようにな。これは僕の最後の命令だよ」と沢井は言った。

「わかりました」と早苗は言い「でも、最後なんてことないですよ。沢井さん必ずよくなりますよ」と続けた。

「いや、僕はもうすぐ死ぬ」と沢井は言った。

「肺癌《はいがん》が治癒《ちゆ》しないことも、そしてたぶん癌が脳に転移していて、もうすぐ意識不明になるだろうことも、わかっているんだ」と沢井は静かに言った。

「でもね、今僕は生きている。そして早苗ちゃんの手の温《ぬく》もりを感じている。それは忘れないよ」と言って沢井はゲホゲホと咳《せ》き込んだ。

それに対して早苗が言うべき言葉は何もなかった。今の沢井の前では、頑張ってとかよくなるとかの言葉はすべて意味がないのである。そうだとすれば、そんな病人の手をさすりながら、いったい何を言えばいいというのだろう。

病室は静まり返っていた。その静寂の中を沢井が生きている唯一の証《あかし》である、種々の数値が音もなく点滅を続けていた。

「今日は、君たち二人に大事な話がある」と咳の発作の合間を縫うように沢井は僕と五十嵐に向かってそう言った。

早苗と洋子はその言葉を聞いて病室を出た。

「僕はな、もうこの通り死を待つだけだ。慰めとかよけいなことは一切言わないでくれ。時間の無駄だからな」

僕と五十嵐は何も言わずに肯《うなず》いた。

「死ぬ前に決めておかなければならないことがある。わかっていると思うけれど、今後の『月刊エレクト』のことだ。五十嵐か山崎に編集長をやってもらわなくてはならない。はっきり言って、山崎の方が編集者としては遥《はる》かに優秀だし将来性もある。だけどな、僕は古い人間だから長幼の序というものを大切にしたい。だから、編集長には五十嵐を任命したいんだ。それを君たちに承諾してもらおうと思ってな」

もちろん、僕には何の異存もなかった。

五十嵐を見ると手がプルプルと震えて体が硬直している。僕は目で五十嵐に返事を促した。

「いいかね、五十嵐君」と沢井も掠れた声で返事を催促した。

するど「申しわけありません」と大きな声で言い、何を思ったか五十嵐はその場で土下座をしてしまった。

「それだけは勘弁してください」

「なぜだ？」と沢井は当惑した顔で五十嵐をベッドの上から覗《のぞ》き込むように見た。

「編集長になると奥付に名前が載ります、編集人として。それがまずいんです。それに、何かあったら書類送検の対象となる、それもまずいんです」

「編集長としての責任だから当然じゃないか」と沢井は言った。

「いや、私には別れたとはいえ女房との間に六歳と五歳と四歳の女の子がいます。その娘たちが成長していく過程で父親がエロ本の編集者と知ったら、僕は耐えられません。それだけは、どうか勘弁してください」

「だって、もう逃げられたんだろう」と僕は言った。

「逃げられたけれど、またいつ帰ってくるかわからないじゃないか。それに、親子は親子だ。独身の山崎にはこの苦しみはわからないだろうけど。それだけじゃなくて各方面でまずいことになるんだ」

そういうものかな、と思う反面、五十嵐の大恩人でもある沢井が死の床で自分の後継を依頼しているというのに、奥付に名前が載るのがいやだという些細《ささい》で身勝手な理由でそれを拒む五十嵐に腹がたった。名前が載ろうと載るまいと、その本を作りそれで生活していることに変わりはないじゃないか。

「どうしてもか」と沢井は懇願するように五十嵐を見下ろした。

「申し訳ありません。それだけは」と五十嵐は土下座したままもう一度そう言った。

「わかった」と沢井は言った。

「もう、わかったから、その手を上げてすぐにこの部屋から出て行ってくれ」

沢井の語気は怒りに震えていた。もう十何年も一緒に働いてきたけれど、沢井がこのように怒りを顕《あら》わにしたのを僕は初めて見たような気がした。

「まったくどうしようもない現実主義者だ」

二人になると沢井は僕に言った。その瞳からは先ほどの怒りが消え、いつもの沢井らしい優しさが戻っていた。

「山崎君、引きうけてくれるか？」

「もちろんです」と僕は言った。沢井がいなくなり五十嵐が逃げれば文人出版にはもう僕しかいなかった。

「ありがとう」と沢井は静かに言った。

「山崎君、本当にありがとう」

「いや、ありがとうというのは僕の方です」と僕は真っ直《す》ぐに沢井を見て言った。

「君は企画力もあるし構成力もある。五十嵐のバカなんかとは雲泥の差だ」

　そこまで言うと沢井は今までにないくらいに激しく咳き込んだ。それでも、ヒーヒーと辛《つら》そうな呼吸を振りきるように話し続けた。

「『月刊エレクト』は確かに今は実売を伸ばしているし、安定した黒字を出している。だけどな、山崎、もうきっとそんな時代じゃなくなる。この業界もどんどんエスカレートして過激な方向へと突っ走っている。ヘアーは当たり前、性器だってほとんど見えているも同然だ。スカトロだＳＭだ、ナンパはめ撮りに素人投稿だでもう犯罪寸前だよ」

　沢井は弱りつつある肺からの呼気を懸命にかき集めるようにして一語一語を言葉にした。

「編集長を引きうけてもらって矛盾しているかもしれないけれど、山崎、一年も経ったらお前文人出版をやめろ。一年間、編集長としてやりたいことを全部やってやめろ。その方が君のためになる。君の技術があれば、どこに行っても十分にやっていけるから」

　また激しい咳の発作が沢井を襲った。

「もう、何も話さないでください。苦しいでしょうから」と僕は言った。

「もう少し。あともう少し」と言う沢井の顔が真っ赤になっていた。

「君をこの業界に引きずりこんで十九年、君はもう十分に働いてくれた。いいか、このまま文人出版にいても齢《とし》をとるにつれて安っぽい道徳心に苛《さいな》まれて、気がついたときには自分が作った本なんか一冊も家族に見せられないまま、肺癌になってチューブだらけにされて死んでいくしかないんだ」

「でも、それこそが僕たちの誇りだったんじゃないですか。煽情《せんじょう》して勃起《ぼっき》させて売る。そういう沢井さんを僕は尊敬し、誇りに思っています。あなたこそが、編集者の中の編集者です」

僕がそう言うと、沢井は話すことをやめた。咳をこらえるために胸が気の毒なくらいにひきつっている。

「ありがとう」と言葉にはならなかったが、唇が辛うじてそう動いた。

沢井は耳を寄せるようにとジェスチャーで手招きをした。僕は沢井の顔に耳を近づけた。ぜいぜいと苦しそうな呼吸を繰り返しながら、それでも最後の気力を振り絞り沢井は言った。

「それは、どんな長い長い旅にも必ず終わるときがくるということに似ている」

「えっ？」と言う僕に向かって、沢井は力なく、しかし優しく微笑《ほほえ》んだ。

僕は初めて沢井に会った日のことを思い浮かべた。ポタポタとアスファルトに汗をしたらせながらたどり着いた文人出版。僕は沢井さんに聞かれるままに緊張しながら二冊の本の名前を挙げて、そして二人で笑い転げたあの遠い夏の日。

僕の耳元で囁《ささや》いた沢井の言葉、それは、ジョン・バースの『旅路の果て』の一節だった。

＊

西荻窪の部屋に戻ったとき、僕はしたたかに酔っ払っていた。午前三時に出張校正室を出て、それから朝までやっている新宿二丁目のバーで異常なハイペースで飲んで、そしてタクシーに乗って部屋にたどり着いたときには、もう空がうっすらと明るくなり始めていた。

そんな酔っ払いの僕をクーとモモは尻尾《しっぽ》を千切れんばかりに振り回して迎え入れてくれた。

倒れこむようにリビングのソファーにもたれかかった。クーとモモは二匹で先を競うように胸のあたりをかけ上がってきて僕の口元を舐《な》める。彼女たちの最高の愛情表現である。モモの尻尾はクルクルと高速で回転し、まるで竹とんぼのようだ。アニメーションだったらそのまま空を飛んでいきそうな勢いだった。

沢井さんの病室での姿の悲しみと出張校正の疲れ、浴びるように飲んだウィスキーのストレート。そんなささくれだった僕の心を舐めまわすように二匹の子犬はまとわりついて離れなかった。

水槽は闇《やみ》の中にあった。光を点《つ》けなくても、アクアリウムの水は研磨したばかりの宝石のように輝いていた。テトラやコリドラスたちが無秩序に泳いでいる。まるで存在しないかのように透明な水の中で、ゆらゆらと泳ぐ小魚たち。手を伸ばせば、すぐに手の中に入りそうな錯覚すら覚える。

それは過去の記憶に似ているのかもしれない。過去の出来事は小魚のように、驚くほど鮮明に胸の中でゆらめいている。しかし、それにいくら手を差し伸べても、透明で目に見えない時間という水が確かに存在して、掬《すく》っても掬ってもするすると指の間から零《こぼ》れ落ち、二度と手にすることはできないのだ。

部屋の電気も水槽の灯《あか》りも点けずに、僕はポリスのCDを回した。窓からは東の雲がうっすらと赤みを帯びていくのが見渡せた。

ポリスのシンプルなリズムが静かに心地よく部屋に響いていた。

どうしようもないくらいに疲れていたし、酔っ払ってもいたが、僕は冷蔵庫から缶ビールを取り出してプルを開けた。

真っ暗な水槽、その透明な水の中に今まさに沢井さんは沈み込んでいこうとしているのだろうか。

誰かと無性に話をしたかったが、しかしそんなときに限って電話は無愛想な沈黙を守り続けているのだった。

*

いつまでたってもうまく見つけることのできない僕に業を煮やしたのか、由希子がアルバイトを見つけてきてくれた。新宿のロック喫茶のウェイターだった。それが、僕が東京にきて初めて手に入れた仕事だった。

由希子は友達を連れて毎日のように店に顔を出した。彼女たちはまるで猿の子のようにギャーギャー騒ぎながら、自分たちに与えられたつかの間の空間と時間を十分に楽しんでいた。今、与えられている自由に限りがあることを熟知しているような奔放さが羨《うらや》ましくもあり、どこかはかなくもあった。

僕はそんな彼女たちを視野の片隅に置きながら、コーヒーを淹《い》れトーストを焼きレコードを回し、グラスを洗い、それなりに忙しく動き回っていた。働くことは自分で想像していた以上に緊張感があり楽しいことだった。

どういう理由かはわからないけれど、店長の渡辺《わたなべ》さんは僕と由希子にことのほか目をかけてくれた。由希子が連れてくる彼女の友達とも商売抜きで仲良く付き合っていたが、僕と由希子だけは特別という感じだった。

由希子と僕は週に二度、新宿御苑《ぎょえん》の傍らに建つ渡辺さんのマンションに招かれ、昼食をご馳走《ちそう》されるようになった。奥さんの聡子《さとこ》さんと、冬花《ふゆか》ちゃんと秋菜《あきな》ちゃんという渡辺さんの自慢の二人の娘たち、そして生まれて半年になる男の子の赤ん坊とともに。

聡子さんは由希子が大のお気に入りで、まるで二人は気の合う姉妹のようだった。子猫のようにじゃれあいながら、二人はいつもキッチンで料理をしていた。

その間、僕はナベさんと二人でビールを飲みながら、ただぼんやりとしていた。七階のリビングの大きな窓からは新宿御苑の緑とその向こうには新宿副都心の高層ビル群が見渡せた。

「こういうのを借景というんや」とナベさんは、その景色を眺めながら自慢気に言った。景色を自慢したいのか、その言葉を自慢したいのか僕にはわからなかった。

しかし、すぐに「この部屋の家賃の三分の一はきっとこの眺めなんやろうなあ」と自分に言い聞かせるようにナベさんはぼやくのだった。

とりとめのない時間やとりとめのない会話が緩やかに僕と由希子の上を流れていった。そんな時間の過し方や大切さを、ピカピカに磨かれたワイングラスや几帳面《きちょうめん》にアイロンがけされたテーブルクロスが僕たちに教えてくれた。

僕と由希子には何の責任も何の負担もなかった。ただ天国にいるようにふわふわとその空間を楽しんでいれば、ナベさんも聡子さんもきっと幸福だったのだろう。

聡子さんはサンドウィッチやマカロニグラタンや様々なパスタのソースを作った。由希子はオードブルとサラダを作り、特にドレッシングに工夫を凝らした。

僕はスープの係だった。

何度目かにここに来たときに、ナベさんから「山崎君も食べてばかりじゃつまらんやろうから、なんか研究して作ってみたらどうや」と言われたのがきっかけだった。

聡子さんと由希子の作業が一段落したところで、キッチンに入りオニオンスープや見よう見まねのブイヤベースやミネストローネスープを作った。それが、思わぬ好評を博した。ビールを飲みながら、スープをコトコトと煮込むのは、何ともいえない幸せな作業だった。

ナベさんはワインを用意する係だった。デパートで吟味して買ってきた赤ワインをデキアンタに移し、悦に入った表情でそれを眺めながら酸素と融合し最高の瞬間を迎えるときを注意深く待っていた。

　そうやって、三時間もかけて我々はそれぞれの役割を遂行し、昼食を作り上げた。午後三時頃には子供部屋で遊んでいる冬ちゃんと秋ちゃんを呼んで七人でテーブルにつく。二十歳の僕と二十歳の由希子、四十三歳のナベさんと四十歳の聡子さん、そして五歳と四歳の二人の娘と赤ん坊が食卓を囲む。

　それはまるで天国の食卓だった。

　二人の娘はいつも物静かで行儀がよく、我々が作った料理を一心不乱に口の中に運んでいた。普段はどうしようもないくらい二人に甘いナベさんだったが、食事中だけは騒ぐこともテレビを観ることも許さなかった。

「山崎君、最近、思いついたり考えたりしたことを何でもいいから話してよ」と聡子さんはその食卓で必ず注文を出した。僕は思いつくことは何でも話した。どんなに小さなことでも理不尽なことでも、怒ったことや楽しかったこと、夢や失望について、僕は身の回りのことや最近感じたありとあらゆることを題材に一生懸命に話して聞かせた。

　例えば、傘の自由化について。

「東京都の条例か何かで、一度傘の私有化を禁止するという実験をしてみたら面白いと思うんだ」

「どういうこと？」

「つまり、傘は皆の共通の財産で、駅とかスーパーとか飲み屋とか人が多く出入りするところには必ず備えつけてあって、必要な人が自由に使う。例えば、雨の降っている日に新宿駅から伊勢丹に行く時には、新宿駅に備え付けてある傘を誰でも自由に使って伊勢丹まで行くんだ。そして、伊勢丹の傘置き場に置いておく。伊勢丹からの帰りはまた傘置き場の傘を持って新宿駅に帰り、そこの傘置き場に置いていく。そして、例えば高円寺《こうえんじ》で降りればそこにまた誰でも使える傘があって、必要ならばそれを持って帰る」

「傘の共有化？」と聡子さんは言った。

「そう。新宿駅や東京駅には忘れ物の傘が何万本もあるんだから、それを元手に自由化しちゃえばいいんだ。最初のうちは混乱するかもしれないけれど、しばらくするときっと誰も傘が個人の持ち物だとは思わなくなる。家に持ち帰った傘もそれは今度雨が降った日に、高円寺に行くまでの間だけあればいいのであって、高円寺の傘置き場にそれを置いて手ぶらで電車に乗って、次の目的地に着くとそこにまた必ず傘は置いてある」

「でも、そんなことしたら傘を家にためこむやつが出てくるで」とナベさんは言った。

「だから、そのためこむという発想が私有の考え方で、傘がどこにでもあって、誰でも自由に手に入るという感覚になれば誰もためこもうなんて思わなくなるよ、きっと」

「変なことを考えるやつやなあ」とナベさんは笑った。

「傘自由化宣言をする。東京都は世界で初めて傘の完全自由化に踏み切りましたって」

「ははは」とナベさんと由希子がハモるように笑った。

「ふふ。それは、でも案外面白いわね。新宿　要町《かなめちょう》の飲み屋街とか、そういう狭いレンジでだったら可能かもね」と聡子さんも笑った。

「でも、そんなことしたら傘屋が困るやろう」

「でも、それが実は困らないんじゃないかと思うんです。つまり日本人に必要な傘の絶対数は自由化だろうが私有化だろうがそんなに変わらないはずだから」

「そんなこと言っているけれど、本当は山崎君が傘を持つのが嫌いなだけなんだわ」と由希子が言った。

「でも、そうなれば誰も面倒臭くなくなるし、満員電車の中に濡《ぬ》れた傘を持ちこむ必要も、忘れる心配もなくなる」と僕はナベさんが注いでくれた赤ワインを飲みながら言った。

「それって、もしかして原始共産社会の考え方？」そう言いながら聡子さんはワイングラスをテーブルの上で静かに回した。

「そんな、たいそうなもんかいな」とナベさんが笑い、それにつられるように皆で大笑いになった。

　僕らが笑うと、会話の意味がわかっているのかどうかはわからないが、冬ちゃんと秋ちゃんも大きな声で笑った。

「でもね、山崎君」と笑いの洪水が去った後に僕を慰めるように聡子さんは言った。

「そういうことを考えるのは素敵なことだと思うわ。それに本当にそれがいいと思うんだったら、まず自分で一本でもいいから自由化してみることよ。きっとそういう具体的なことが大切なのよ」

　テーブルは僕とナベさんと聡子さんの三人になっていて、由希子は借景がよく見渡せるソファーの上で冬花ちゃんの髪の三つ編みを始めていた。

　五歳の冬花ちゃんは嬉しいような少し恥ずかしいような顔ではにかんでいた。

「女は？」とその姿を眺めながら聡子さんは小さな声で僕に聞いた。

「女はどうなの？」

「え？」

「自由なの？　それとも傘みたいに自由化前の私有物なの」と。

＊

「はい。冬花ちゃんお待たせ。とっても可愛いわよ」

冬花ちゃんの髪を編み上げた由希子は、三つ編みをよりきれいに完全なものにするために細かな修正を施していた。

「冬花、美人になってよかったなあ。お父さんそんなきれいな子、大好きや」

そう言うナベさんの目は線のように細くなっていた。

冬花ちゃんの髪が編みあがるのを横に座ってじっと待ち続けていた秋菜ちゃんがもう我慢ができないというふうに、由希子に飛びついてそして叫んだ。

「ねえ、由希ちゃん。今度は秋菜ちゃんよ。秋菜ちゃんにもやって」

「はいはい」と由希子は言った。

「おとなしく待っていていい子だったわね。秋菜ちゃんもきれいにしようね」

聡子さんは昼間のワインが回ったのか、テーブルの上に突っ伏してうたた寝を始めていた。午後の柔らかな優しい光が聡子さんを取り囲むように日溜りを作っていた。食卓の上に置かれた聡子さんの飲みかけのワイングラスにも光は注ぎ、純白のテーブルクロスの上に美しいワインレッドの影を作っていた。それはワインという絵の具を、光という筆を使ってテーブルクロスというキャンバスに描きこんだように鮮やかだった。

「なあ、山崎」とナベさんは僕に言った。

「わしは京都の小さなお好み焼き屋からスタートして、今では新宿で小さいながらも四軒の飲食店を経営できるようになった。なぜやと思う？」

「寝る間も惜しんで、一生懸命働いたから」

「アホかいな。そんなもん食うためなら誰でも一生懸命に決まっとるやないか」

「ナベさんの人柄？」

「関係あらへん」

「運？」

「それは少しはあるのかもしらんけど、もっともっと具体的で単純なことや。よう、考えてみい」

僕はワインで心地よく酔った頭を懸命に回転させたが、うまい答えを見つけ出すことができずにいた。

「もしかして」と秋菜ちゃんの髪を編んでいる由希子が口を開いた。

「もしかして、お水？」

「そうや」

ナベさんは大きな声を出した。そして「やっぱり由希ちゃんは頭がええなあ」と続けた。

「私、ナベさんのお店四軒とも行ったけど、どこもお水がおいしいのよね。よく冷えていて。それにグラスがピカピカに磨かれていて気持ちいいの」

「そうやろ」

ナベさんは嬉しそうに目を細めた。

「山崎もなあ、せっかくうちでバイトしているんだから覚えておいてや」

そして、続けた。

「飲食店の善し悪しはいかにおいしく水を飲ませるかやと、わしは思っとる。ただの水を、きれいなグラスとちょうどいい冷たさで出す。水さえおいしく飲めれば料理だって酒だって何だっておいしく感じる、そういうもんやないかなあ。だから、わしはこの商売を始めてからずーっと水にだけは神経使ってきたんや。ただで出すもんやからこそ大切なんや。こんなこと由希ちゃんや山崎には関係ないことかもしれんけど、覚えておいてや。企業秘密や。君らには何にも教えることないけど、まあせいぜいこんなもんや。覚えておいて損はないと思うで」とナベさんは自慢の口髭《くちひげ》を得意そうにピクつかせながら言うのだった。

聡子さんの幸せなうたた寝は続いていた。

「はい、秋菜ちゃんできたわよ。お待たせ」と由希子が言った。

秋菜ちゃんはまん丸い瞳をキラキラと輝かせて、まどろんでいる聡子さんを揺り起こしに駆けよった。

やがて僕は渡辺さんの草野球チームにスカウトされ、ピッチャーに任命された。週に二日は昼食会で一日は草野球、それが僕と渡辺さん一家との付き合いとなった。

聡子さんと由希子は握り飯やサンドウィッチを作り、きれいな三つ編みにした冬花ちゃんと秋菜ちゃんを連れて、グラウンドまでいつも応援に駆けつけた。赤ん坊も含めてそんなふうに、七人の夢のような二年間はあっという間に流れていったのだった。

＊

あまりにも暑かった夏が終わろうとしているある日、僕はアルバイトをやめて出版社に就職することをナベさんに告げた。

「そうか」とナベさんは視線を落として静かに言った。

「それはよかったなあ」と。

それから「就職祝いや」とナベさんが言って、二人で夜の新宿の街へと繰り出した。

「何ていう出版社や」

「文人出版っていいます」

「知らんなあ。どんな本作るんや」

「エロ本です」

「エロ本?」

「そうです。エレクトという月刊誌です」

「そうかあ、エロ本かあ。ええんやないの。大切なのは何かを作ることや、それが一番大切で偉いことなんや。何だっていいんや、何かを作り続けてさえいればな」

ナベさんはそう言って、背中を叩《たた》き僕を励ましてくれた。そして二人は肩を組んで新宿を練り歩いた。

「山崎、どうせエロ本を作るんやったら日本一のエロ本を作れ。日本一のエロ本編集者になるんや」

ナベさんはめずらしいくらいに酔っ払っていた。もう一軒行こう、もう一軒や、と店を出るたびにコロンブスの銅像のようにネオンの海に向かって指を指し、そして二人はナベさんが指を指した店になだれこんだ。

「山崎、何でもいいから自信を持て。自分の能力を信じるんや。お前は必ず一流の人間になる。だから自信を持て。どんな小さなことにでもいいから自信を持って、それをうまいこと連鎖させるんや」

それからこうも続けた。

「由希子と結婚しろ。一緒になれ。そして犬みたいにたくさん子供を産め」

泥酔したナベさんは僕の耳元でそうがなり続けた。何軒はしごしたのか、いったいいくつの新大陸を発見したのか、それさえもうわからなくなっていた。

気がつくと空が白み始め、カラスたちは青いポリバケツをひっくり返して残飯を漁《あさ》っていた。それでもナベさんは止まらなかった。

「自分を信じろ。由希子と子供をつくれ」

まるで念仏のようにそればかりを繰り返した。そして、最後の最後にこう言った。

「わし、お前と別れたくないんや。店とか野球とかずっと一緒にやりたかったんや」と。

その言葉は僕の胸にダイレクトに響いてきた。嬉しかったし、そして悲しかった。なぜ嬉しいのか、なぜ悲しいのかはわからなかった。理由や理屈を超えて、僕はただどうしようもない感情の急流のなかに身をまかせているしかなかった。

「自分を信じろ、そして由希子と子供をつくれ」

一際大きな声でナベさんはそう叫んだ。

そして、それがナベさんの僕への最後の言葉となってしまったのである。

*

新しい何かに向かって指を指すコロンブスのように勇ましかったその日、ナベさんは夕方の便で成田から生まれて初めての海外旅行にでかけた。

行き先はニューヨークだった。

初めて目にするブロードウェイや自由の女神や摩天楼の風景はナベさんの目にどのように映ったのだろうか。英語をほとんど一言も話せないナベさんはそれでも、それなりに異国の文化に接し楽しむことができたのだろうか。

それは、僕には知りようもなかった。

ニューヨークからの帰り、ナベさんの上に音もなく天女が舞い下り、そっと岩を一掃きした。

ソ連軍のジェット戦闘機が発射した熱線追尾ミサイルがその羽衣だった。ナベさんが乗っていた大韓航空機は何らかの理由でソ連領空を侵犯し、そして逃げても逃げても追いかけてくる残虐で狡知《こうち》なミサイルによって撃墜されてしまったのである。

おそらくナベさんはバッグに入りきらないほどの土産物を詰めこんでいたに違いない。冬花ちゃんと秋菜ちゃんと赤ん坊、そして聡子さんのために。

情報は床にばらまかれたジグゾーパズルの破片のように混乱を極めていた。ナベさんが経営する新宿の小さなスナックが混乱する情報を収集する対策本部のようになり、大勢の顔見知りが集まっていた。誰もが一様に苛立《いらだ》ち、ときにはテレビカメラに向かって怒号を上げていた。その様子をテレビは容赦なく垂れ流し続けていた。

一時はソ連に強制着陸させられたという情報が支配的になり、スナックの雰囲気も一瞬希望に満ちたものになった。しかし、すぐにそれは誤報かあるいはソ連政府か日本政府によって意識的に流されたデマで、どうも撃墜された気配が濃厚であるという報道に変わっていった。

まさか、武器も持たない民間人の乗った旅客機が、ジェット戦闘機にミサイルで撃ち落とされるわけがないと僕は思った。いくら領空を侵犯したからといって、それだけの理由で、何百人もの人間の命を撃ち落とすなんてことがあっていいはずがない。

乗客は誰一人領空を侵しているわけではなくて、おそらくはただ眠っているだけなのだ。

テレビの画像に赤ん坊を抱いて狂ったように泣き叫ぶ聡子さんの姿が映し出された。その聡子さんの膝《ひざ》にしがみつきながら、冬花ちゃんと秋菜ちゃんが泣きじゃくっていた。大好きなお父さんを歓迎するために、二人の髪はきれいな三つ編みに編み上げられていた。

ナベさんは死んだ。

いくつもの、まさかが折り重なるように現実になってしまった。その結果ナベさんは死んだ。

僕は撃墜という鋭利な刃物を胸の奥深くに突き刺したまま、膝を抱え壁にもたれて都立家政のアパートにいた。どうにもならなかったし、何をする気力も起きなかった。ただ、時間が過ぎていくことだけを心の中で念じ続けていた。

ミサイルが命中し、火だるまになって墜落していく飛行機は、やがてとてつもない轟音《ごうおん》とともに樺太《からふと》付近の真っ暗な海に激突しただろう。旅客機の狭い座席にシートベルトに縛られるように座るナベさんは、身動きをとることもできずに海底へ沈んでいく。暗い海の暗い海底へ。ナベさんの周りには、三人の子供への土産物が飛び散っていたかもしれない。ミッキーマウスやドナルドダックや、スヌーピーやマリリン・モンローや、ヌガーやキスチョコや、おそらくはナベさんが子供たちのためにかき集めた様々な色鮮やかな土産物に囲まれて冷たい暗黒の海の中へ沈んでいくナベさん……。

どのくらいのときが流れたのだろう。テレビはやがてすべての放送予定を終了し、突然に静止した。そこにはいつまでも降り止まない六月の雨のような不愉快な静止画像がだらだらと映しだされていた。

　テーブルの上はビールの空き缶が山のようになっていて、今にも土砂崩れを起こしそうだった。何本のビールを飲んだのか、何時間ここに座り続けていたのか、僕はせめてそれだけでも整理しようとした。

　しかし、何もかもがうまくいかない。今日一日で起こったことを何一つ引き出しにしまいこむことができない。

　そのとき、突然僕の部屋のブザーが鳴った。

　よろめくように僕は立ち上がり、ドアの覗き穴から外を見た。

　見覚えのある女の子がそこに立っていた。

「ナベさん死んだのよ。私怖いの」と彼女は言った。

「怖くて怖くてどうしようもないの。お願い山崎君、ドアを開けて」

　伊都子だった。

　僕は部屋の鍵《かぎ》を回した。

　部屋に上がると、伊都子はなだれこむようにして僕に抱きつき「怖いよう、怖いよう」と子供のように泣き喚《わめ》いた。

　僕は立ったまま伊都子を抱きしめて、背中をさすってやった。それ以外にいったい何をしたらいいのか、想像もつかなかった。

僕の胸に顔を当てて泣きじゃくっていた伊都子が少しずつ静かになっていった。それでも「ヒッ、ヒッ」とときどき胸を小さく痙攣《けいれん》させた。そのひきつるような体の震えが僕の手にありのままに伝わってきた。

僕の胸の中にあった伊都子の顔が、やがて少しずつ注意深く降下を始めた。そして僕のジーンズにたどり着くと、右手でジッパーをおろした。トランクスをまさぐり、その中からペニスを引っ張りだし、何の躊躇《ちゅうちょ》もなく口に咥《くわ》えたのだった。

伊都子の口の中は濡れていて温かだった。伊都子はまるで僕の存在を引っ張りこむように濡れた口の奥へ奥へとペニスを引っ張りこみ、それから顔をゆっくりと前後に動かし始めた。

僕は慌てて伊都子の頭を抑えつけた。しかし抑えれば抑えるほどに伊都子は、はっきりとした意志で顔を動かした。

どうしようもない快感が体中に広がっていく。まるで海の中に散り散りになっていった原色のぬいぐるみのような快感の渦。やがて、僕はその痺《しび》れるような感覚に耐えられなくなって、そのまま伊都子の口の中に射精した。

僕はその夜、ナベさんが死んだ夜、完全に方向を失い、狂ったように何回も何回も伊都子の柔らかな性器の中で射精した。伊都子は獣のように叫び泣き、喚き、そしてまるで自分の体のコントロールを放棄したように激しく痙攣した。自分の中にある死の影を追い払うように、まるでチューブを捻《ひね》りそれを最後の一滴まで絞り出すためのように激しく腰を動かし、ひたすらその細い四肢を硬直させて果てしない痙攣を繰り返すのだった。

＊

それから一週間くらいが過ぎたある日、由希子と僕は新宿の喫茶店にいた。

「渡辺さん死んじゃったね」と由希子は言った。その顔は人形のように青白く、瞼《まぶた》は腫《は》れ上がっていた。

「山崎君もショックだったでしょう。私ももう何が何だかわからなくなっちゃって」と言って由希子は目を伏せた。

それから二人はナベさんの話題を避けて通るようにあたり障りのない世間話を始めた。しかし、会話は一向に盛り上がらなかったし、避ければ避けるほどに却ってナベさんの喪失感が浮き彫りになってくるような気がした。由希子と僕はそこには触れないようにナベさんの思い出の周りを黒い絵の具で塗りつぶし、結局そのなかに真っ白な姿がより鮮明に浮かび上がってきてしまうというどうしようもない矛盾と向かい合っていた。何かを話せば話すほど、避けて通りたいものの姿しか見えなくなってしまうのだ。

だから、やがて会話は途切れた。

沈黙するしかその矛盾に対抗する手段が思いつかなかったからである。

「ねえ、山崎君」

三十分ほどの沈黙の後、由希子は言った。

「うん?」

「この沈黙って、二人が出会った参宮橋の喫茶店を思い出さない?」

「ああ」と僕は生返事をした。

「あのときあなたが私にしてくれた、スウェーデンのロックバンドの話、覚えている?」

「うん」

「私、思うの」と由希子は真っ直ぐに僕の目を見て言った。

「これから、私、いい曲をたくさん書かなきゃね」

そして小さなしかしはっきりと通る声でこう続けた。

「伊都子が歌うための」

それから、由希子は静かに立ち上がった。

僕はぼんやりと外を眺めながら由希子の帰りを待った。

夕方の新宿の街は相変わらずのひどい雑踏だった。親子連れもいたし、仲のいいカップルもいたし初老の夫婦もいた。家路を急ぐ人もいたし、これから繰り出そうという人もいた。

黒い皮ジャンを羽織り、体中にジャラジャラと銀色の鎖を巻きつけている若い男もいたし、シンナーでラリッたように目線の定まらない赤毛の女の子もいた。通り過ぎる女性という女性に声をかけまくりつきまとって離れない男、それから逃げていく女もいたし、つかまる女もいた。

〝宇宙を横切る〟というジョン・レノンのバラードが不意に僕の頭の中に流れ始めた。次から次へと現れては消えていく、圧倒的で際限のない人波を眺めているうちに、なぜだろう、急に涙が溢《あふ》れ出して止まらなくなってしまった。

こうやって
僕は
宇宙を
横切っている？

拭《ぬぐ》っても拭っても新しい涙が頬《ほお》を伝っていった。

僕はあるときから自分の中に確実に芽生えてしまった疎外感のようなものを、凄《すご》くリアルにそしていやになるほどに具体的に実感していた。それは目の前のガラスであり、その向こうにいるあまりにも無関係なしかしおそるべき数の人間たちの姿なのである。

こうやって、僕はなすすべもなくただふらふらと宇宙を横切っていくのだろうか。

「自分を信じろ」というナベさんの叫びが聞こえ、そしてそれはバラバラに散らばった原色の人形とともに暗闇のなかへ沈んでいった。それから、川底に横たわる自分に向かって手を振る由希子の姿が脳裏に浮かんだ。自分と世界を結ぶために懸命に手を振り、僕を川底から抱き起こしてくれた由希子。淡いレモン色のワンピースと純白のカーディガン。

ガラス越しに見える人々は、自分からは随分と遠い存在に思えた。子供たちや若者や老人たちは屈託のない笑顔を浮かべ、だけどその笑顔はすべて他へ向けられていた。

街を歩く人々はあまりにも自分とは無関係だった。そんなことは十分にわかっていたし、何年も前から理解し納得していることだった。けれど、その事実がそのときの僕にはどうしようもなく切なかった。

ここを横切り、僕はいったいどこへ向かっているというのだろう？

しかたがなく、僕はいつものように数を数えることにした。
そして千百二十三人数えたときに僕は突然理解した。
たとえ何万人数えても、由希子はもう二度と戻ってはこないのだということを。

p.f. 3

父の様子がおかしい、という電話を沢井の娘洋子から受けたのは午前八時ころのことだった。僕は強度の二日酔いで、頭にはシンバルを叩《たた》き続けるおもちゃの猿が十匹も住みついているような状態だった。猿は何かに苛立《いらだ》ったように容赦なくシンバルを打ち鳴らし続ける。激しく、そして規則正しく。

僕は冷蔵庫から水を取り出して、コップ二杯を一気に飲み干し、それからひとかけらの氷を口に放りこんで部屋を出た。

新宿方面へ向かう電車の中で、新聞を読むふりをしながらひたすら吐き気をこらえていた。よほど酒臭いのだろう、満員電車のあちこちから冷たい視線が飛んできた。

「出張校正の二日目か」

居心地の悪さを感じながら、僕は痺《しび》れるような頭の、辛うじて機能しているほんのわずかな部分でそう考えた。十匹だった猿はいつの間にか三十匹に増殖していて、彼らは几帳面《きちょうめん》に整列してシンバルを叩き続けている。要するにほとんど最悪の二日酔いだった。

這《は》うようにして四谷の病院に着くとベッドの上で沢井は芋虫のようにもがいていた。手足はベッドに縛り付けられていた。

「山崎か。そこにいるのか」

そう叫んだ沢井の視線は行くあてもなく、ただうろうろと空中を彷徨《さまよ》っていた。血圧も脈拍も呼吸数も、昨日と比べて明らかに低下していることを横にある機械が冷酷に告げていた。

「山崎、いるのか?」とベッドのすぐ脇《わき》に立つ僕に向かって沢井は叫んだ。あきらかに意識が混濁していた。

「沢井さん」

僕は大きな声で叫んだ。

「山崎。山崎か」

「はい。ここにいます」

「紋白蝶が、俺《おれ》の舌の上に舞い下りて卵を産みつけやがった」

洋子が僕の耳元で「朝からこればかりなんです」と囁《ささや》いた。

「小さくて黄色い卵をびっしりとだ。舌の奥の表側にだ。それを取りたい、卵が孵《かえ》る前に取ってしまいたいんだけど、どうしても取れないんだ」

沢井はそう言って、ベッドに縛られている手足を振りまわそうとした。

「今朝、自分の爪《つめ》で舌を引っ掻《か》き回して、枕《まくら》が血だらけになって。それで看護婦さんが手足を拘束したんです。安定剤を打ったんですけど、ぜんぜん効かないみたいで。山崎、山崎って叫び続けるものですから……」と洋子は申し訳なさそうに僕に言った。

「山崎、気をつけろ。油断するな。暗闇《くらやみ》に魚が潜んでいるぞ」

沢井はそう言って、目をかっと開いた。しかし、そこに僕が映っていないことは明白だった。

「紋白蝶の卵だ」と沢井は叫んだ。

僕はベッドに縛られた沢井の手首と白い紐《ひも》を見た。それをはずしてやりたいと思った。僕が今、沢井にしてやれることはそれしか思いつかなかった。そうすれば沢井はまた自分の舌を指で引き千切ろうとするのだろうか。それならそれでいいじゃないかと僕は思った。こんなふうに手足を縛られて死んでいくよりも、舌を掻きむしって血だらけになったとしても、沢井の朦朧《もうろう》とする意識の片隅に紋白蝶が産み落とした卵を取り除いてやりたい。

僕は紐に手をかけた。

洋子は僕が何をやろうとしているのかを瞬時に理解したようだった。

「山崎さん。私も同じことをずっと考えていたの。だから、それをやってもらうためにあなたを呼んだのかもしれない。でも、それはやめた方がいい。きっと父のために、やめた方がいい」と言って洋子は泣き崩れてしまった。

「沢井さん」と僕は叫んだ。しかし、沢井の耳に僕の言葉は届かない。音の出ないシンバルを叩き続けるブリキの猿のように僕は苛立っていたし、もどかしかったし、そして無力だった。

「山崎、魚が狙《ねら》っているぞ」

沢井はそう言って何度も体を起こそうとした。しかし、沢井を襲っている大きな運命の重しがそれを阻み、そしてその重しに抵抗するように沢井はもがき続けるのだった。

医者と看護婦がばたばたと部屋に入ってきて、洋子に家族を集めるようにという指示を出した。

僕と洋子は病室を出た。病院の長い廊下を歩きながら洋子は言った。

「朝から山崎、山崎ってそればっかりなんです」

「十九年も机を並べて仕事していましたから」

「でも、なぜ父がそういうのかわかったような気がします。山崎さんは紐をほどこうとしてくれた。それだけでいいんです。本当にありがとうございます」

そう言う洋子の顔に微笑《ほほえ》みが浮かんだ。それを見て僕は言葉を失った。その小さな笑顔の作り方と唇のかすかな動かし方が、あまりにも沢井に似ていたからである。

＊

出張校正室は倦怠《けんたい》の中にあった。その倦怠感を象徴するように部屋の中にはどこにも行き場のない煙草の煙がたちこめていた。

校正マンの大沼はブツブツ独り言を言いながらクロスワードと格闘している。五十嵐はわずか十行の編集後記のためにもう何時間も唸《うな》っている。鉛筆で書き、消しゴムで消し、原稿用紙を丸めて投げ捨て新しい原稿用紙を引っ張り出しを延々と繰り返している。これは出張校正が終盤に差し掛かったときの五十嵐の恒例行事のようなもので、彼なりの校了への心の準備のようなものなのかもしれない。デザイナーとしての仕事は殆《ほとん》ど終了している早苗は机に突っ伏して熟睡していた。

雑誌の出張校正という作業は、忙しいときにはそれこそ目が回るほどなのだが、ある瞬間にぱったりと何もやることがなくなり、そんな状態が何時間も続くようになる。基本的にはゲラを校正して、赤字を入れて印刷現場に戻し、返ってきた再校を校正し、それを十六ページ単位にまとめていく、その繰り返しなのだが、締め切りを大幅に過ぎて入稿してくるライターも多く、印刷所と編集部が最終的にそのあおりをくうことになる。大人が何人も集まり、ただ煙草を吹かしながら、最後のゲラの組みあがりを待たなくてはならなくなるのだ。

時計は午前一時を示していた。

僕は校正室を出て、迷路のように入り組んだ捕虜収容所を思わせる建物の廊下の片隅に煙草を吸いに行った。

窓を開けて眺めた空は暗かった。星も月も見えず、厚い雲がのしかかるようにおおいかぶさっていた。それでも、窓も換気システムもない出張校正室から出てここにくると、痺れきっていた手足に少しずつ血が巡っていくような解放感を味わえた。

窓からは巨大な印刷所の無愛想な造りの工場が見えるだけだった。それでも、なぜか僕はこの場所が好きで、ここでいつも一息ついていた。緑も広い空も見えない、ただあちこちからパイプが突き出した小さな窓しかない工場が見えるだけである。しかし、その中から聞こえてくる印刷機の低く規則正しい回転音やほのかに流れてくるインクの匂《にお》いは、疲れきった頭や体に安心感と新しいパワーを与えてくれるように思えるのだった。

僕の頭に浮かんだのは、校了間際に迫ったゲラのことや、死の床で芋虫のように蠢《うごめ》く沢井の姿ではなかった。

由希子のことだった。

僕は新しい煙草を一本、胸ポケットから取り出して火を点けた。窓から流れてくる印刷工場のどんよりとした空気と一緒に、胸の奥深くにそれを吸い込んだ。印刷機のうなるような低い運転音が、腹の底をくすぐるような奇妙な感覚を僕に与え続けていた。

*

由希子は完璧《かんぺき》なまでの沈黙を守り通した。

電話にはもちろん出なかったし、何通も出した手紙にも何の反応もなかった。由希子のアパートまで出かけて外で帰りを待ったことも何度かあったが、人の気配すらしないことがほとんどだった。

ナベさんの突然の死が、由希子にただならないショックを与えているだろうことは想像がついた。そして、伊都子と僕のしてしまったことが、その傷ついた心に追い打ちをかけているだろうことも理解できた。

このまま、由希子が僕の前からいなくなってしまうだろうということを、受け入れなくてはならないと思っていた。本当は許しを請い、元通りの関係に戻ることを望んでいたのだが、それが自分勝手でかなわないことであることもわかっていた。

ただ一言、謝りたかった。

手紙ではなく、実際に会って言葉で謝罪したかった。そのことも何度も書いて郵送したのだが、由希子からは何の反応もなかった。

新宿で行われたナベさんの葬儀にも由希子は姿を現さなかった。

僕は川底にあお向けに沈んでいる由希子を想像した。その姿を想像すると、胸が激しく痛み、いてもたってもいられなくなった。その状態から今度は僕が何としても抱き起こしてやらなくてはと思い、そして自分にその資格があるはずもないことに気付き、ただ焦りばかりが募った。

そんな状態が一カ月ほど過ぎたある日、由希子に出した手紙が宛先《あてさき》不明で返送されてきた。電話をかけると、今までの呼び出し音の洪水ではなくて、この電話は現在使われていませんという無機質なテープだけが繰り返されるようになってしまっていた。

由希子は完全に僕の前から姿を消した。あるいはそうしようと努力をしていた。

友達や聡子さんをツテに消息を探る方法はなくはなかったが、さすがにそれは躊躇《ちゅうちょ》した。

やがてこう思うようになった。

由希子は僕の前から消えようと、必死になっている。それならば、そうしてやることが自分にできる最善のことなのではないかと。

胸にぽっかりと開いた風穴は大きかったが、僕はそれに耐えようと決意した。由希子は僕から逃げたいのだ、だったら追いかけるのはもうやめよう。

由希子から一通の手紙が僕のアパートに届けられたのはそれから三カ月ほどたった日のことだった。

こんにちはと言えばいいのかしら、ごめんなさいと言えばいいのかしら。今の私にはそんなことすらも分かりません。

もう分かっていると思うけれど、引越しました。それが渡辺さんが死んで、私がしたただ一つのことです。そしてこの手紙を書くのはたぶん二つ目のことです。

きっと山崎君もショックだったんだろうと、今は思っています。それに伊都子だってショックだったんだろうと。

山崎君がくれた手紙はすべて封を開けずに捨ててしまいました。ごめんなさい。あなたがそこに何を書いているのかは読まなくても分かるような気がしたからです。今回のことで自分がいかに弱くて情けない人間であるかよく分かったし、それではいけないんだと思っています。

もう川底には横たわらないで下さい。一人で強く生きて下さい。それが私とあなたがつきあった意味であり、もしあなたにそれができないのであれば、二人で過した三年間は何もなかったのと同じことになってしまうのではないでしょうか。

二人にはきっと罰が必要なんだと思います。

渡辺さんが死んだ日にあなたを放っておいた私と、あなたがしたことへの罰。

山崎君が私を愛していて、私が山崎君を愛していて、この愛が本当に本物ならば、二人はこの世界のどこかで必ず再び巡り合うはずです。私はそれを信じ、それにかけてみます。

あなたがまた路地を一本踏み間違えて、私の泣いている喫茶店に偶然に迷い込んでくる日を……。

山崎君のフワフワとしたあやふやな優しさを私は心から愛していました。

さようなら。

川上由希子

＊

〝由希子。僕の声は聞こえている？〟

開封されなかった由希子への手紙は大抵はそういう書き出しで始まった。

由希子からの手紙を受け取り、僕は僕の声が届かなかったことを知り、そして由希子が僕を深く愛していてくれたことを知った。

フワフワとしたあやふやな優しさ。

しかし、それだけだった。

僕は川底に横たわることだけはやめようと思い、文人出版に毎日出社して「月刊エレクト」の編集作業に没頭した。日曜も祭日も体力が続く限り働いた。体を動かし仕事に集中していれば、由希子のことを考えなくてすんだし、そうやって時間をやりすごしていくぐらいしか思いつかなかった。やろうと思えば仕事はいくらでもあった。

罰が必要だと由希子は書いていた。その通りかもしれないと思った。しかし、そこからの救済も自分には必要だった。それが、僕が編集に没入していくことの最大の意味だったのかもしれない。

もう最後のゲラが組みあがった頃だろうかと僕は煙草を吹かしながら思った。時計は午前二時を指していたが、ずらりと並ぶ出張校正室はどの部屋もこうこうと灯《あか》りがともり、印刷機は回り続けていた。

「やっぱりここかあ」と言いながら早苗が駆け寄ってきた。

「今、五十嵐さんが電話を受けて、沢井さんが亡くなったって」

「そうか」

「病院行くでしょう」

「ゲラは、組みあがった?」

「たった今」

「じゃあ、それだけ見てから行くよ。最後の台を責了にしてから」

「沢井さん、死んじゃったのね。何もしてあげられることなんかないのよね」と早苗は声のトーンを落としてそう言った。

「まあ、今はそんなこと考えても仕方がないから、仕事に全力をあげよう。沢井さんが作った雑誌だ。それに今月号の編集人は沢井さんだ」

「そうかあ」

「それしかできないし、ということはできることはあるということだ」

迷路のように入り組んだ廊下を歩いて、僕と早苗は出張校正室に戻った。出張校正室から漏れてくる光の行列がこれほど頼もしく思えたことはなかった。

部屋に戻るとライターの高木《たかぎ》の姿があった。

「悪かったなあ」

「おう、きてたのか」

「ああ。ちょっと前にね」

「悪かったって?」

「俺の入稿が遅れたから、沢井さんの死に目に遭えなかったんだろう」

「まあ、そうだ」

「だから。悪かった」

「だって、高木の原稿が遅れるのは毎月のことじゃないか。だから、謝ることなんかないよ」と僕は言った。病院の廊下の片隅に座り、何もすることもできずに沢井の死を待っているよりも、いくら捕虜収容所のようだとはいえ、ここにいて編集作業をしている方が遥《はる》かによかった。本当は高木に感謝したいくらいだった。

僕は組みあがった高木のゲラに目を通して、最後の一台をまとめて赤ペンで責了のサインをした。これで、今月号のすべての作業が終了した。

校正を終えていた五十嵐は大沼を連れて、すでにいなくなっていた。

「飲みに行くか」と僕は早苗と高木に向かって言った。

「山崎さんは病院に顔を出した方がいいんじゃない。さすがに」と早苗が言った。

「そうかなあ」

「俺もそう思うよ」と高木は言った。

「私と高木さんで先に二丁目で飲んでいるから、後で合流しよう。そうした方がいいよ」

「わかった。じゃあそうする」

そうして三人で出張校正室を出たときは、もう午前二時半を回っていた。

＊

フワフワとしたあやふやな優しさ、と僕は新宿から西荻窪へ向かうタクシーの中で何度も呟《つぶや》いていた。

青梅街道を走るタクシーからの眺めが昨日見た風景とあまりにも似ていることに僕は驚いていた。まとわりつくようなしつこい小雨が降り続き、窓を曇らせていた。一体、何十時間降り続ければ、この雨は止むのだろうか。信号の青や車の赤いブレーキランプが、窓を濡《ぬ》らす雨に溶けこむように光り輝いていた。

明らかに変わっていることといえば、自分が昨日の夜ほどにひどくは酔っていないことと、そして沢井がもうこの世にいないということだった。

沢井がこの世にいないのではなくて、沢井という物体だった人間がこの世にはいないということで、沢井はまだはっきりと僕の中にいた。死んでしまっていたトムが毎日、僕の中を生きて走り回っていたように、沢井は僕の中にいた。

誰かが言っていたように死ぬことが透明になっていくことなのだとしたら、僕にとっての沢井は少しも透明ではなかった。ここから見る窓ガラスのように、透明ではなかった。

霊安室の廊下にある長椅子《いす》に洋子はポツンと座っていた。

「ねえ、山崎さん」と僕を見つけると洋子は言った。

「線香の匂いが凄《すご》いと思わない？」

霊安室からは確かに線香の香りが漂ってきていた。

「病院ってそんなものなのかしら」

「えっ」

「だって、ここには重い病人がたくさんいるのに。痛みに耐えて眠れない夜を過している人がたくさんいるのに。それなのに、こんなに線香の匂いがしていいのかしら。ひどいと思わない。私だったら耐えられない。こんな線香の匂いがする病院に入院するなんて」

僕は洋子の横に腰掛けた。

洋子は肩を震わせて声を出さずに泣いていた。

「お父さん可哀想《かわいそう》。きっとベッドで毎日毎日この匂いをかいでいたんだわ。どこかから確実に漂ってくる死の匂いを。私はさっきまで気がつかなかった。だって病院って消毒液の匂いとか凄いもの。でも夜中の病院はこんな匂いがするのね。ここは地下だけど、でもきっと病人たちにはわかるはずよ。きっと気がつくはずよ。みんなそれを知りながら、文句も言わないでベッドにしがみついているんだわ。死ぬことは悪いことじゃないのに、病気になったのは仕方のないことなのに、みんな罪悪感を抱えて、自分が悪かったと医者にも看護婦にも家族にも頭を下げて、まるで悪いことをしたようにベッドに縛り付けられて、そしてこの匂いをかいで死んでいくんだわ」

僕は何も言わずに洋子の横に座っていた。確かに洋子の言う通り病院はかなりリアルな場所だ。そしておそらくは病院という場所が直面しているその極限の現実が死なのだし、その極限が日常的に起こる場所もまたここなのである。

「朝、山崎さんにきていただいて、それから相当にきつい薬を点滴で入れたらしいんですけど、全然効かないみたいで。お父さんずうっとブツブツと唸り続けていたわ。山崎、暗闇に魚が潜んでいるぞ。紋白蝶が舌に卵を産みつけやがった。山崎、そこにいるのか。洋子、気をつけろ。お前の穴倉の血管が透けて見えるぞ。ああー、あのやろう耳の穴の中まで卵を産みやがって、何も聞こえない。何も聞こえない。山崎、油断するな、魚がお前を狙っているぞ。それを、延々十時間以上も。死ぬ直前まで」

　洋子は一気にそう言うとフーッと体の中に溜《たま》った何かを吐き出すように大きな溜息をついた。

「そうですか」と僕は言った。

「僕に何かに気をつけろと、死ぬ間際まで沢井さんは叫んでいたんですか」

　胸の中に何か大きな熱い塊を感じ、鼻から目頭にかけてツーンと細い絹の糸のような悲しみが通り過ぎていった。

「ひとつだけどうしても聞きたいことがあるんですけど」

「何ですか？」

「沢井さん、亡くなるその瞬間まで手足を紐で縛られていたんですか？」

「そのときはバタバタしていて正確には覚えていないんですが、確か医者と看護婦が周りを取り囲んで聴診器を胸に当てているときに看護婦さんがはずしていたんじゃないかと思います。御臨終ですと言われて私がベッドの脇に行ったときにははずされていました」

「ごめんなさい。妙なことを聞いて」

「いやいいんです。私もそのことは何となく引っかかっていましたから」

　僕は霊安室に入り、沢井の遺体に手を合わせた。

「ありがとうございます」と言いたかったけれど言葉は出てこなかった。もし僕がそう言ったとしても紋白蝶の卵に占領された沢井の耳にそれが届くことはなかっただろう。

紐から解放されて沢井は静かに横たわっていた。

「どんなに長い長い旅にも必ず終わるときがくるということに似ている」と沢井は『旅路の果て』の一節を僕に聞かせてくれた。

横たわる沢井を見て僕は思った。

確かに似ていた。

それは、あまりにも似ていた。

＊

部屋に戻るとつきまとう二匹の小犬を抱き上げて、僕はアクアリウムの電灯を点《つ》けた。

水の透明度は完璧に近く、そこにはまるで異質な時間が流れているかのような世界がゆるやかに広がっていた。コリドラスは水底で寝ている。その間も二匹ずつがペアになって手をつないでいるように見えるのが愛らしかった。

まるで、実在する世界の一部をカッターナイフで切り取ったような空間だった。

透き通る水や、その中にゆらめく様々な濃淡の緑や原色の魚たちのあまりの美しさに僕は息をのんだ。ランプアイの瞳《ひとみ》が蛍光灯の光を反射して、妖《あや》しい濃いブルーの光をたたえはじめていた。

病院を出て、早苗と高木と待ち合わせていたスナックに行ったものの三人とも少しも酒も会話も進まなかった。

たまに誰かが何かを言っても、その会話は発展することなくすぐに途切れた。しばらく沈黙が続き、誰かが半ば義務のように何かをポツリと言った。

「どうしたの。今日のあなたたち、まるでお通夜みたいよ」とママさんに言われ、そのときだけは僕と高木は思わず吹き出してしまった。別れがたい気持ちはそれぞれにあったのだと思うけれど、早々に解散することにした。

「山崎、ショックだと思うけど、まあなんて言うかとにかく元気出せよ」とタクシーに乗りこむ僕に向かって高木が言った。

アクアリウムの中にいるはずの十二匹のエビの数を僕は数え始めた。八匹くらいまではすぐに見つかるのだが、そこからさらに四匹を探し出すことはかなり困難だった。十一匹が今までの最高だった。水に溶けこむように透明なエビを探すのは骨が折れた。苔《こけ》を食べたエビは体の中を通り過ぎていく苔の緑色や茶色を隠すこともできないので、容易に見つけることができた。

七までいってまた最初に戻る。そのたびにポリスをかけ、新しい煙草に火を点け、冷蔵庫からビールを取り出す。

東の空は明るくなってきていた。

僕はエビの数を数えながら、相変わらず人間の記憶の仕組みのことなどを考えていた。

確かに記憶には近寄り過ぎてはいけないような危険を感じることがある。プラットホームに引かれた白線のように、その中に入ってはいけない領域があるような気がする。森本が真っ向から対峙《たいじ》して、白線に大きく足を踏み入れ、結果的に精神がバラバラに冒されていったのも無理のないことなのかもしれない。

僕にも思い出したくない言葉があり色があり匂いがある。忘れ去ってしまいたい場面がいくつもある。しかし、過去の記憶は心に貼《は》りついてしまったシールのように剥《は》がそうとしてもなかなか剥がすことはできない。ある瞬間を切り取ったシールは、鮮明に心のなかに在り続けるのだ。

一度出会った人間と、一度発した言葉と、人は二度と別れることはできない。十九年ぶりの由希子の声を聞いた瞬間にそれが由希子だとわかってしまうように、記憶には計り知れないものがある。その記憶の残像に縛りつけられながら、僕は今という時間を生きていかなくてはならないのだ。

アクアリウムの中は静かで平和だった。水草の緑の中に、カージナルテトラの鮮やかな赤と青の線がライトに照らされて浮かび上がっていた。

透明度の高い水はそれを見ているだけで、心を落ち着かせてくれた。何度試みても、九匹までしか数えられないエビたちもだ。

由希子と森本からの電話と、沢井の死という現実が立てた波も少しずつ凪《な》ぎはじめ、僕の心もアクアリウムに同調するように透明な静けさをとりもどしつつあった。

モモは犬小屋の中であお向けになり腹をこちらに向けながら、無警戒にだらしなく眠っていた。クーはリビングの板の間の上に腹這いになったままの姿勢でやはり眠っていた。

ガチャガチャッという鍵を回す金属音が玄関から聞こえてきた。その音が響いた瞬間に小屋の中で寝ていたモモとクーが飛び起きて、全速力で玄関に向かって走りだした。まだ開かないドアに両前足を掛けて後ろ足で立ちあがり、クンクンと甘えた鳴き声を発しながら尻尾《しっぽ》を回転させていた。

やがてドアが開き「カアッ、カアッ」というカラスの鳴きまねをする七海の声が聞こえてきた。モモはアニメーションのように短い足をクルクルとフル回転させながら、僕の足元まで走ってくると、急停車してその場で体を反転してまた玄関へ駆けていった。

「カアッ、カアッ」と言いながら七海は両手をバサッバサッと上下させた。

七海のことが大好きなモモは怖いやら嬉しいやらでわけがわからなくなり、最終的にはパニックを起こしておしっこを漏らしながら、部屋中を野リスのようなすばしっこさで駆け回りだした。

「ハハハ、よしよしバカな子ねえ」と七海はモモをなだめると、さっと片手に抱え上げた。

「やあ」と七海は僕に言った。

「やあ」と僕は答えた。

「やっぱりまだ起きていたのね」

「もう五時かあ」

「はい、これお土産」と七海はコンビニの袋から取り出して黒ビールを一缶手渡してくれた。それから、僕の横の指定席に座りこむと何も言わずに水槽を眺めはじめた。

七海は西荻窪のコンビニでアルバイトをしていて、週に二度は夜通し働き、その後僕の部屋を訪ねてくるのである。

七海はエビが大のお気に入りで、コリドラスが大嫌いだった。そんなことはないと思うのだけれど、コリのやつがエビ君を処刑している場面を目撃したというのがその唯一の理由だった。

ジーパンに白いTシャツ姿、ショートヘアーの七海はポテトチップスを齧《かじ》り、ミネラルウォーターを飲みながらアクアリウムを眺めている。

「エビ君、ちゃんといる？」

「いや、九匹まで」

「じゃあ、私も数えてみるね」

＊

数年前、僕は沢井から「月刊エレクト」のすべての企画の再構築を命令された。林立する後発エロ雑誌に押され気味だった「月刊エレクト」を、白紙の状態から設計しなおして欲しいというのが沢井の要求だった。

僕は約二カ月を費やして、全ページを練り直し、大半の連載を打ちきっていくつかの大型企画を同時に立ち上げた。

その中の一つに〝新宿風俗嬢ストーリー〟があった。いわゆる色ものではなく、どちらかといえば硬派の企画だった。しっかりとしたライターとカメラマンをつけ、風俗嬢たちの生き方や人間性に迫るために徹底的な取材をさせた。

「勃起《ぼっき》させる必要は全くない」と僕はライターに口を酸っぱくして注文を出した。これはメインディッシュではなくて、レストランでいえばただで出される水のようなものだと。だからこそ、丁寧に綿密に作り上げて美味《おい》しく飲ませなければならない。

立ち上がりの頃はこちらの意図を正確に汲《く》んでくれるライターがいなくて、中途半端な企画になってしまった。風俗嬢が胸をはだけながら、ありきたりの質問に適当に答えるということが多かった。

しかし、風俗ライターの高木正也《まさや》に注文した号から明らかに風向きが変わった。高木は僕の意図を理解して、まずカメラマンに裸の写真を撮ることを禁じた。そして、インタビューの場所もやがて店から喫茶店へと変えていった。そして高木は得意技とかいやな客とか性感帯といったことを一切聞かずに、どこで生まれ育ちどんな本を読み、どんな恋をしてどのような人生を送ってきたのかというようなことを、しつこいほど綿密に聞き始めたのである。

初めは恥ずかしがってなかなか重い口を割らなかった風俗嬢たちも、高木の熱心な取材と思いやりに満ちた態度にぽつぽつと話し始めるようになった。他人に性器を見せたり触らせたり舐《な》めさせたりするのが平気な風俗嬢たちが、親の仕事や小学校で得意だった教科などを聞かれて顔を真っ赤にしてうつむいてしまう姿が初々しく新鮮だった。

「性器を見られるよりも恥ずかしいこと」というのが高木が最初に受け持った回のタイトルだった。

読んでいて胸がどきどきした。彼女たちの持つ本質的な恥じらいを、一枚一枚剥がしていくような残酷さと刺激があったからだ。

そして僕はこの企画を高木一人に任せることにした。それから、少しずつ受け始めた。高木の記事はメジャーの週刊誌や月刊誌にも大きく取り上げられ、やがて新聞や深夜テレビも取材にくるようになった。十話分をまとめて大手出版社から単行本化され、瞬く間にベストセラーとなった。

三年間にわたって続いた〝新宿風俗嬢ストーリー〟の最終回を飾ったのが、当時歌舞伎《かぶき》町《ちょう》で一番の売れっ子、可奈《かな》ちゃんだった。

そんなに美人というわけではないし、スタイルが抜群というわけでもないのだが、とにかく可奈には不思議な魅力があった。

可奈の周辺取材のために常連客に当たっていた僕と高木は、そのあまりの評判と数々の賛辞に唖然《あぜん》とした。

可奈を指名した客は何がしかの金を支払って、彼女をわずか四十分の間だけ自由にすることができる。その時間のなかで可奈は自分の持っている能力のすべてを使って、客をもてなしリラックスさせ解放し、そして射精させる。

客は自分の位置も立場も、自分を支えているはずの裏付けも存在理由さえも関係なしに、ただ可奈の口にすべてを委《ゆだ》ねた。

「人間の本質って、どんなものだと思う？」

歌舞伎町の喫茶店での高木のインタビューはそんな質問から始まった。

「人間の本質？」と可奈は言い「うーん」と一際高い声を上げて天井を見た。

「何かにたとえると？」

「管」

「はあ？」

「クダよ。結局、人間は複雑かもしれないけれど一本のクダなのよ」

「ホースのことか」

「ホースというよりもやっぱり管ね。入り口と出口がある」

「じゃあ、人間関係とは？」

「摩擦」

「愛は？」

「摩擦熱。管と管の間に起こる」

高木のインタビューを横で聞いていた僕は、可奈のあまりにも簡明な答えに感心してしまった。

「じゃあ、摩擦って？」と高木はなおもつっこんだ。

「よしよし、いい子、いい子っていつも心で念じるの」と可奈は伏し目がちにそう答えた。

そして続けた。

「みんな本当は悲しいのよってね」

「悲しい？」

「そう。みんな悲しいのよって心の中で呟くの。そうするとね、可奈もだんだん切なくなってきて涙が零れそうになるの」

そう言う可奈の目にみるみる涙が溢《あふ》れてきた。

「〝オール・マイ・ラビング〟って曲知ってる？」

「ビートルズの」

「そう。その旋律が頭の中に流れ出して、そうするとどうしようもなくなって涙が止まらなくなるの。可奈より二十歳も三十歳も年上の、きっとみんなそれなりの家庭を持っていたり、会社ではそれなりの立場があると思うんだけど、そのおじさんたちのペニスをフェラチオしながら、いい子いい子って心の中で祈るの。みんな本当は悲しいんだ。どんなにうまくいっているように見える人だって、ちゃらちゃらとすかして歩いている人だって、誰もが埋められない隙間《すきま》みたいなものを持って生きている。みんな寂しいのよ、可奈にはそれがわかるし、それに可奈だって何だかいつも寂しい。だから一生懸命、フェラチオをするの。お客さんの寂しさや可奈の寂しさを摩擦で燃やしてしまおうと思って、原始人が火を熾《おこ》すように擦《こす》り続けるの。管と管の間にあるどうしようもない隙間を摩擦で埋めてしまいたいから。可奈の部屋にいる時間だけでも、その隙間を埋めてあげたいから」

「何だか凄くよくわかるような気がするな」と高木は煙草の煙を吐き出しながら言った。

その言葉に可奈はフンワリとした優しい笑顔で応《こた》えた。

僕も可奈の言葉とそのフンワリと軽く暖かい笑顔を見て、彼女の人気の理由がよくわかるように思えた。それがたとえ間違っていたとしても、少なくとも理解できるような気持ちにさせ、そしてちょっとだけホッとした気分になれるだけでも彼女の存在価値や魅力は十分だと思った。

「可奈ちゃん、ちょっと訊《き》きにくいことを訊いてもいい？」と高木が言った。

「うん？」

「店の他の女の子に取材したら、これはもしかしたらやっかみかもしれないんだけど、気を悪くしないでね」

「うん、いいよ。何でも訊いて」

「可奈ちゃんは店で本番をやっている。だから人気があるって言うんだよ」

「なーんだ、そんなことかあ」と可奈は鮮やかなピンク色の舌をペロッと出した。

そしてあっさりと言った。

「やってるよ」

「えっ？」

「誰に訊いたのか知らないけど、とにかくその子の言う通りよ。可奈はお客さんが望むことは何から何まで、私にできることだったら何でもかなえてあげたいの。アナルだってバイブだって何だってする」

僕は高木と可奈のやりとりをじっと聞いていた。これはいいインタビューになるという予感があった。正直な人間が正直な言葉を発するということは、ありそうでなかなかないことだったし、そういう会話は必ずどこかで誰かの胸を打つだろうことは長い編集経験から直感していた。

「私にいったい何ができるのかしら」

一時間半にも及ぶインタビューが終わる頃、可奈は誰にともなく言った。

「悲しそうな顔で伏し目がちに可奈の部屋を訪ねてくるお客さんのために、私は何をしてあげられるというのかしら……」

そこまで言うと可奈はフウッと頬《ほお》を膨らませ、そしてその中に溜った空気を吐き出し、視線をテーブルの上に落としたまま続けた。

「フェラチオは簡単、セックスもOK。可奈は自分にできることならば何でもいいの。それでお客さんの心に開いている風穴が一瞬でも塞《ふさ》がるのなら、可奈はクビになったってパクられたって平気よ」

そして、可奈はゆっくりとした仕草で髪をかきあげた。伏し目がちの瞳は涙で潤んでいた。

この涙の理由はいったい何なのだろうかと僕は考えた。おそらくは高木も同じようなことを考えていたのではないかと思う。

「それはある意味では犠牲的な精神なんですか？」と僕は初めて可奈に質問をした。

「そんなんじゃ、ないの。私は犠牲になんかなっているんじゃなくて、そうすることによって私自身に開いた穴も埋められる。それで自分自身も救われて何とか生きていくことができるのよ」と低いトーンで可奈は答えた。

＊

「セックスって何か悲しいっすよね」と可奈が店に戻っていった後、高木は僕に言った。

「山崎さんからこの仕事をもらって、本当に凄くいい勉強になりました。風俗嬢を取材していて思うことは、セックスってどこか人間の本質的な部分を必ず傷つけずにはおかないのではないかということです。どんなに歓びあっていても、どんなに信頼し愛しあっている恋人たちでも、どこか深いところでセックスは人を傷つけているんじゃないか。歓びが深ければ深いほど、傷跡も深いんじゃないかって」

「でも、可奈ちゃんはどうかなあ」

「彼女だってきっと、客に入れられてオルガスムスを迎えるとき、あるいはその後には、きっとひきつるような傷が残るんじゃないかなあ」

「でも、彼女は隙間を埋めるために、風穴を埋めるためにセックスをすると言っていた。だから、客は彼女に保護されて安らぎのなかで身を任せられるから、何も心配することがないから、だからこんなに慕われているんじゃないのかなあ」

「でも彼女は傷ついている。だから泣いていた。客は彼女に身を任せるようなふりをしながらも、そのことに気がついていてそれを楽しんでいる」

そう言うと高木はフーッと煙草の煙を吐き出し黙りこんでしまった。僕も言語というものが何一つ頭の中で形成されなくなって、しばらくはボーッとしていた。

やがて高木は自分自身に向かって呟くようにこう言った。

「〝オール・マイ・ラビング〟を聞きながらかあ」

その言葉はそのまま「月刊エレクト」の〝新宿風俗嬢ストーリー〟の最終回の題名となったのだった。

やや感傷的すぎるかなと思いながらも、僕は高木が書いてきた原稿を一字一句変えずに掲載し、可奈へのインタビュー記事〝オール・マイ・ラビングを聞きながら〟は大きな反響を呼んだ。

そこには射精産業や風俗というものをフィルターとしながら、人間の愚かさや儚《はかな》さや切なさといったものが鮮やかに浮き彫りにされていた。その記事で勃起をすることはないだろうけれど、それはピカピカに磨かれたグラスに入れられた光り輝く一杯の水のようなものであった。

〈本当に偉い人間なんてどこにもいないし、成功した人間も幸福な人間もいなくて、ただあるとすれば人間はその過程をいつまでも辿《たど》っているということだけなのかもしれない。

幸福は本当の幸福ではなくて、幸福の過程にしか過ぎず、たとえそう見える人間でも実はいつも不安と焦りに身を焦がしながらその道を必死に歩いているのだろう。どうであれ人間がやがて行きつく場所を誰もが予感しているのだとするのならば、それはあまりにも空虚で哀しく、だからこそそのポッカリと開いた穴を埋めるために、きっと可奈ちゃんの管と摩擦熱が必要なのだろう。人間は一人であり、決してひとつにはなれない。しかし、ほんの短い時間かもしれないし幻想かもしれないけれど、きっと彼女にはそれができる。摩擦熱とはきっと、分け隔てのない優しさのことなのだから〉と高木の原稿は締めくくられていた。

その号が発売されてから、ただでさえ人気があった可奈の名声は沸騰した。店は彼女目当ての客が殺到しごった返した。可奈は体を張って、すべての客の望みにこたえようとした。深夜テレビにも引っ張り出されるようになり、画面に映る可奈の瞳は生気を失い体は見る影もなく痩《や》せ細っていった。

＊

「月刊エレクト」編集部に可奈から突然電話が入ったのは、インタビュー記事が掲載されてから一カ月くらいたった頃のことだった。

僕は彼女に言われた通り、店がはねる時間を見計らって路上で待っていた。ポツポツと雨が降りだしていたが、傘は持っていなかった。僕は濡れるままに煙草を咥《くわ》えて、歌舞伎町の道端に立っていた。濡れ始めたアスファルトにネオンが反射して光っている光景を眺めていた。煙草はすぐに雨に濡れ、しけて吸えなくなった。その度に新しい煙草をポケットから取り出して火を点けた。

やがて光が激しくフラッシュしながら走り回っている、可奈の店のけばけばしいネオンが消えた。夜の空から星が半分なくなったように、あたりが急に暗く寂しくなった。

しばらく待ち続けていると、階段から転げ落ちるようにして可奈は降りてきて、そして僕の前で止まった。

一カ月前のふくよかで健康的な輝きはどこにもなかった。体はまるで幽霊のように痩せ衰え、頬《ほお》がくぼみ目だけがやたらにぎょろぎょろとしていた。しかもなかなか焦点が定まらず、それでも僕を見つけると少しだけ安心したように小さな笑顔を作った。

「おじさん。本当にきてくれたのね」と腕にしがみつくようにして可奈は言った。

そして祈るような口調で続けた。

「お願い、可奈をおじさんの家へ連れて行って」と。

僕はタクシーを拾い、抱きかかえるようにして可奈を乗せた。

「うまいことやったなあ。これからホテルにしけこんでやり放題かあ」と僕たちを見て酔っ払いがはやしたてた。それは可奈が彼らの心に開いた穴を埋めるために、すべてを許容しすべてを捧《ささ》げてきた男たちと何も変わらない男たちだった。

タクシーの中で可奈は棒のようになった体を激しく痙攣《けいれん》させながら空嘔吐《からえず》きを繰り返した。頭を座席の中に埋《うず》め、祈りを捧げるような姿勢で両手を僕の膝《ひざ》の上に投げだし、掌《て》できつく僕のジーパンを握り締めていた。手を伸ばして彼女の哀れなほどに痩せ衰えた背中をさすってやった。可奈はギリギリと歯が擦《こす》れる音をたてながら何も出てくるはずもない嘔吐に耐え、僕は掌にごつごつとした骨の痛みを感じていた。

まったく何ということだろう。新宿の女神だったはずの可奈は文字通りの骨と皮になってしまっていた。

マンションに着き、タクシーを降りて僕は可奈を抱えて部屋に入っていった。腕の中の可奈はあまりにも軽く、それは彼女が存在していることの際どさを暗示しているようで僕は恐ろしくなった。体だけではなくて存在していること自体が、骨と皮になってしまい痩せ衰えているように感じたのである。

寝室のベッドの上に可奈を寝かせた。

それから可奈の着ている服を次々と脱がせていった。ブラウスを脱がし、ジーパンを脱がし、靴下とブラジャーを脱がした。くっきりと浮き出た鎖骨が痛々しい。それから、ちょっと迷ってパンティーも脱がした。彼女を少しでも締めつけるものはことごとく剝《は》ぎ取ってしまいたかったからだ。

体にまったく何もつけていない状態にして、可奈をタオルケットでくるんでやった。可奈の体は小刻みに震えていた。

「ありがとう」

チューブを捻《ひね》って体から絞り出すように可奈はそう言った。

「大丈夫?」

「…………」

「病院にいった方がいいかもしれない」

「…………」

「相当に衰弱しているよ」

「お願い。病院はいや」

「どうして」

「いやなの、どうしても。大丈夫、死にはしないわ。ただ、少しだけ休ませて」

「わかったよ。病院には連れていかないから、安心して寝なさい」

僕が電気を消して寝室を出ようとしたとき、可奈は消え入るような小さな声で言った。

「おじさん、どうもありがとう」と。

それから可奈は僕の部屋のベッドで丸三日間眠り続けた。水を少し口にするだけで、何も食べずにまるで昏睡《こんすい》しているように眠った。真水とその横に蜂蜜《はちみつ》とレモンを搾った水、そしてその横にリンゴジュースも置いておいた。

可奈がきて四日目の夜、激しい叫び声がして僕は部屋に飛びこんでいった。

可奈は真っ暗な部屋のベッドに上半身を起こし、拳《こぶし》を強く握りしめて泣いていた。

「どうしたんだい」

「ごめんなさい。お父さんごめんなさい」と可奈は泣き喚《わめ》いた。

僕は手を伸ばした。その手に可奈はしがみついてきた。そして驚くほどの力で、骨が折れるのではないかと思うほどの力で、僕の腕を強く握り締めた。

「悪い夢を見たのかい?」

「うん」

「怖い夢?」

しばらくすると、可奈は泣き止み冷静さを少しだけ取り戻した。

「死んじゃったお父さんが真っ暗闇《くらやみ》の中で、私を見ているの」

泣いた反動で可奈は「ヒック、ヒック」と横隔膜を痙攣させながら、それでも懸命に話した。

「全くの暗黒のなかにお父さんの目玉二つだけがギラギラと光っている。私を見つめている。怒っているんだ。きっと……」

僕は可奈をベッドに横たわらせた。そして髪を撫《な》でながら言った。

「君を怒る資格のある人間なんてこの世に一人もいないさ。お父さんは怒っているんじゃなくて、ただ心配しているんだよ」

「怒っていないの？」

「そう。怒ってなんかいないさ」

「心配しているの？」

「そう、可奈ちゃんが心配なだけさ」

そう言って可奈を見ると、もうすやすやと寝息をたてはじめていた。

＊

それからさらに三日間眠り続けた可奈は七日目の朝に、「フワーッ」という猫の鳴き声のような大きなあくびとともに目を覚ました。

それから一週間、僕は会社を休んで彼女の面倒をみた。おかゆを作り、ほうれん草を茹《ゆ》で、リンゴをミキサーにかけそれに蜂蜜を加えてジュースを作った。茹で卵にベーコンエッグ、しじみの味噌汁《みそしる》に豚肉のしゃぶしゃぶに鍋焼きうどん、オニオングラタンスープにパスタ、思いつく料理は何でも作った。コンビニに歯ブラシとパンティーも買いに行ったし、風呂に入れてやり髪を洗いドライヤーで乾かしてやった。男用のトニックシャンプーで髪を洗うのは初めてだったらしく、「スースーする」と言って可奈は僕の部屋にきて初めてはしゃいで見せた。

「おいしい」と言って可奈は僕が作った料理を一生懸命に食べてくれた。そして僕が何かをするたびに「ごめんなさい」と「ありがとう」を繰り返し、僕が「ありがとうはいいけれどごめんなさいと言うことはないよ」と言うと「ごめんなさい」と答えるのだった。

そんな状態が五日間くらい過ぎた頃から可奈の顔に少しずつ精気が蘇《よみがえ》ってきた。げっそりと削《そ》げていた頬もこころなしかふっくらとし赤味を帯びるようになってきた。そして何よりも時折見せる笑顔に輝きが宿るようになっていた。

それでも可奈は部屋を一歩も出ようとはしなかった。寝ているか水槽を眺めているか、ふたつにひとつだった。

「本当にひどい疲れだったんだね」と可奈がこの部屋にきてから二週間が過ぎた日曜日に、朝食のミネストローネを温めながら僕は言った。

「うん」

「でも、だいぶん元気になったね」

「うん」

「食欲もでてきたし」

「うん」

二十歳の可奈はまるで小学生のように素直だったし、僕は僕で小学生の女の子のお父さんのような気分だった。可奈の体調が少しずつ良くなっていくことで、自分のどこかの部分も確実に良くなっていっているような歓びを僕は覚えていた。

「可奈ちゃんがいたいだけ、この部屋にいていいんだよ」

「うん。ありがとう」

「何か欲しいものはある?」

「うーん」

「あるの?」

「何でもいいの？」

「ああ。いいよ。大抵のものなら」

「言ってもいい？」

「言ってごらん」

「子犬が二匹」

「子犬？」

「うん」

「二匹？」

「だって一匹じゃあ可哀想《かわいそう》だもん」

僕は可奈を連れて吉祥寺《きちじょうじ》のペットショップに行き、チワワを二匹買ってやった。自分にしてみればトム以来の飼い犬である。犬はずっと飼いたいと思っていたのだが、何となくためらいもあった。きっとこんな形で飼うことになるのがある意味では自然な犬との出会いなのかもしれないと僕は思った。

二週間ぶりの外出を終えて、部屋に戻ると可奈は嬉《うれ》しそうに言った。

「こっちがクーでこっちがモモよ」と。

それからさらに二週間、可奈は一歩も家を出ずに毎日毎日、何時間も何時間も二匹の子犬とじゃれあって過した。子犬をあやしているのか子犬にあやされているのか、それすらもわからないほどに、まるで自分が三匹目の子犬になったように可奈は遊んでいた。

その姿を見ていると、僕はうまく説明のできない不安な気持ちに駆られた。きっと今の自分は幸せなのだろうと思った。そして、高木の書くように実はこれは幸せなのではなくて、その過程をたどっているだけに過ぎないのかもしれない。その先にあるものなんて何もわからない。幸せな時間こそが、本当は心の平安をかき乱しているのではないか、そんな果てることもない矛盾が心の片隅に芽生えてしまっていたのだった。

*

ある日の夜中、僕は会社でこなしきれなかったグラビアのキャプションを部屋に持ち帰って、リビングのテーブルで書いていた。

寝ていたはずの可奈が入ってきて、僕のすぐ横に貼りつくように腰掛けた。

「お仕事?」

「そうだよ」

「ビール飲む?」

「うん」

僕がそう言うと可奈は立ち上がって冷蔵庫から缶ビールを取り出し、グラスをふたつテーブルの上に置いた。

「私も飲んでもいい？」

「付き合ってくれるの」

「うん。一緒に飲みたいの」

可奈は泡が立ち過ぎないように、注意深くグラスにビールを注いだ。

「おじさんの、ごめんなさい、山崎さんの部屋にきて一カ月くらい経つのかなあ。とにかくこれが可奈が初めてしてあげたことね」

「おじさんでいいし、別に何もしてくれなくたっていいんだよ」

可奈は自分のグラスにもビールをゆっくりとした動作で注ぎ、「乾杯」と言った。

それは可奈がこの部屋にきて初めて口にするアルコールでもあった。

可奈の頬から耳にかけてサーッと赤味が差した。随分と頬がふっくらしていたし、肌は二十歳の女の子らしい美しさを取り戻していた。

僕は仕事の手を休めて、そんな可奈を見た。よかったなと思った。この一カ月、毎日毎日料理を作ってやって、できる限りのことをしてあげて本当によかったと思った。

「おじさん。私を抱きたい？」

「うん？」

「セックスしたい？」

「いや。今はいいよ」

「どうして？」

「どうしてだろう」

「可奈、魅力ない？」

「いや、とてもきれいだよ」

「じゃあ、どうして抱きたくないの？」

「わからない。でも何となく今はいいんだ」

「じゃあ、いつか抱きたい？」

「そう。いつかは」

「いつ？」

「わからない」

「可奈がいかせてあげようか？」

「ありがとう。でも今はいいんだ。可奈ちゃんがもっともっと元気になったらね」

可奈はゆっくりとビールを飲んだ。僕もそれに合わせるようにゆっくりと飲んだ。

「水、きれい」

可奈は水槽を見上げた。

「水がないみたい」と言う可奈の瞳《ひとみ》に水槽の透明な水を通り過ぎた蛍光灯の光が反射していた。

「ランプアイって凄《すご》くきれい。目の淵《ふち》がアイシャドウみたいにブルーに輝いている」

可奈はそう言って静かにビールを口に含んだ。

「水のなかって静かね」

「ああ。本当に静かだね」

「音がしない静かさじゃなくて、本当の静かさだね」

それから可奈と僕はしばらく何も言わずに水槽に見入った。水槽の静けさが伝染したように、部屋のなかも西荻窪の街もクーもモモも何もかもが心地よい静けさを保っていた。

「ランプアイって可哀想」

「どうして？」

「だって光の中にいるときは目の淵が光ってあんなにきれいなのに、電灯を消したらただの痩《や》せこけたメダカじゃない」

「うん」

「何か可哀想」

そんな可奈の横で僕は考えていた。

こうやって無防備に時間は流れていく。幸せなときもそうでないときも、あまりにも無防備に。そして流れてしまった時間は、突然に音をなくしたこの水槽のように心のなかの奥深くに積み重なって、どうしようもないくらいに積み重なって、やがて手に取ることもできなくなってしまうのだ。

齢《とし》をとることが怖いのではなくて、そうやって積み重なっていく、それなのに二度と手にできないものが増えていくことが怖いんだ。きっと今のこの瞬間のように、忘れられない幸せな静かな時間のひとつひとつが……。

「寂しいの？」と可奈が言った。

「えっ、どうして？」

「悲しそうだよ」

「そんなことはない。可奈ちゃんが元気になってくれて、二人でこうやって水槽を見ながらビールを飲んで、幸せさ」

「そう。でも幸せだけど悲しそう」

「なぜかなあ」

「なぜだろう」

「可奈ちゃんって」

「なに？」

「どうしてもひとつ聞きたかったことがあるんだけど」

「なに？」

「どうして僕のところにきたの？」

「わからない。名刺がポケットに入っていたの。だから電話したの。インタビューに全然口を挟まないで横で聞いていて、優しそうだったから。この人ならきっと助けてくれるんじゃないかって勝手に思っちゃったの。ごめんなさい」

「謝ることなんか何もない」

「ねえ、可奈もひとつお願いがあるの」

「なに？」

「一緒に寝ようよ。何もしないで」

「ああ、いいよ」

それから可奈と僕は初めてベッドをともにした。月の光もなく星も見えず、薄気味悪いほどに暗く静かな夜だった。

可奈は僕の腕の中で身を丸め、くるまるようにして眠りについた。手に触れる背中の感触が柔らかくなっていることが嬉しかった。

可奈はやがてすやすやと寝息をたて始めた。

時々、可奈はビクンと体を痙攣させ、僕の手を強く握り締めた。その力が少しずつ弱まりまた静かな寝息をたてるということを繰り返していた。

やがて、一際強い痙攣が可奈を襲った。そして、我に返ったようにこう呟いた。

「お父さん?」

眠っている可奈の瞳から涙が溢《あふ》れて、枕《まくら》の上にしたたり落ち、小さな染みを作った。

「お父さん、ごめんなさい」

僕たちを包み込んでいる深い深い闇のなかで、可奈は小さく唇を動かした。

僕は可奈の髪を静かに撫でてやった。それ以外にできることは思いつかなかった。それから、真っ暗闇の中にただそれだけが光っているという可奈の父親の眼光を思い浮かべ、そして、彼女が自分に与えられた歌舞伎町の小さな空間の中で、見ず知らずの男たちに思いつづけてきたことを僕もまた思った。

「その心の穴を、隙間《すきま》を埋めることができるのならば、自分にできることなら何でもしてあげよう」と。

やがて可奈は深く静かな眠りに入り、僕はいつまでも暗闇を見つめていた。

＊

次の日、会社から部屋に帰ってくると、そこに可奈の姿はなかった。かわりにリビングのテーブルの上に小さなメモ書きと六箱ものドッグ・フードと、そしてなぜかアジアンタムの鉢植えが置かれてあった。

寝室のベッドはきれいに整理されていた。バルコニーを見ると、新品の緑色のプラスチックの丸い物干しが三つ並んでいて、そこに大量の洗濯物が干されてあった。

風が吹くたびに洗濯物はクルクルと回り、洗濯挟みがぶつかりあってカタカタと乾いた音をたてていた。

その音を聞いていると可奈はもうここには帰ってこないのかもしれないな、という予感が走った。少なくともクーとモモが六箱のドッグ・フードを食べ終えるまでは。

メモ書きにはこう書き残されてあった。

〃おじさん。
本当に、いっぱいいっぱいありがとう。
いつか必ずソフトクリーム攻撃をしてあげるからね。クーとモモをよろしく。

可奈〃

それを読みながら、僕は可奈の住所も連絡先もそして本名すら知らないことに気がついた。一カ月以上も無断で穴を開けては、可奈が店に戻ることもきっとないだろう。

でも、まあそれはそれでいいのかもしれない。歩くこともままならないほどに痩せこけて疲れ果てていた女の子が、掃除と洗濯と買い物をできるようになって、ここから自分で歩いて出ていったのだから。

その日以来、僕の部屋から一人の女の子が消えて、二匹の子犬と緑鮮やかなアジアンタムの鉢植えが残ったのだった。

可奈が部屋を出ていって二週間ほどしたある日、高木が文人出版を訪ねてきた。

「山崎さん、どうも様子がおかしいんだ」と言って高木は煙草を咥《くわ》え難しい顔をした。

「うん？」

「可奈ちゃん」

「ああ、やっぱりそうか」

「消えちゃった」と言うと高木は煙草を灰皿で揉《も》み消し、すぐに次の一本を取り出して火を点《つ》けた。

「店には戻っていないの」と僕は聞いた。

「戻ってない。それどころか完全に消息を絶っちゃった」

僕は可奈が部屋に転がり込んできた様子と、そこで過した一カ月のことを大まかに高木に話した。見違えるように血色もよくなって、顔も随分とふっくらとしてきていた。やや情緒不安定なきらいはあったかもしれないが、それはあの齢の女の子だったらきっと誰でも持ち合わせている程度のもので、決してそれ以上ではなかったことなど。

「警察が動いているらしいんだ」と高木は声を潜めて言った。

「警察?」

「店に聞きこみがあったらしい。その話が広まっちゃってね、店の女の子たちのやっかみもあるんだろうけど、あちこちで色々な噂《うわさ》を垂れ流しているらしくて情報は収拾がつかないほどに混乱しているんだ。で、当然のことながらどこまでが真実でどこからが作り話なのかもわからなくなっている」

「例えば？」

「借金のかたに香港に売られたとか、東京湾に沈められたとか、自殺したとか」

「ふーん」

「彼女、やばい筋から相当な金を借りていたという、これも噂なんだけど。とにかく失踪《しっそう》というんだろうか。生きている痕跡《こんせき》がぷっつりと途切れちゃった。山崎さんの部屋を出たあとに。もちろん世間では山崎さんの部屋にいたときにすでに痕跡がわからなくなっていたということなんだろうけど」

「なんかやばいなあ」

「ああ」

「警察に行った方がいいかなあ」

「でも、噂がもし本当だとしたら警察とあの筋はつながっているから、やめた方がいいと思うよ。とにかく今は。ある程度落ち着くまではね。可奈ちゃんが山崎さんの部屋にいたことは、俺しか知らないわけだし、山崎さんもしばらくは誰にも言わないようにした方がいいかもよ。これは裏社会もある程度知っている俺の勘だけど」

「わかったよ」

「ちょっと気になるのは、書き置きはいいし、洗濯もドッグ・フードもいいけど、アジアンタムの鉢植えのこと。それだけはなんか唐突な感じがしませんか？」

「まあ、でもたまたま見かけて気に入って買ってきたということもあるし」

「うちの女房は観葉植物が好きなんだけど、アジアンタムだけはなかなかうまくいかないっていつもぼやいている。ちょっと水が不足すると葉っぱがちりちりになってきて、みるみるうちにそれが全体に広がってしまうんだって。その現象をねアジアンタムブルーと呼ぶらしい」

「アジアンタムブルー？」

「そう。アジアンタムの憂鬱《ゆううつ》」

僕は整理整頓《せいとん》されたリビングの大きなテーブルの上にポツンと置かれたアジアンタムの鉢植えを思い浮かべた。高木が言うように可奈はあの鉢植えに何かのメッセージを託したのだろうか。色々と考えてみたが、僕は思考をうまくまとめることも、なんらかの風景をイメージすることもできずに、ただ混乱するばかりだった。

＊

可奈が消えて三カ月が過ぎた日曜日の昼頃、部屋のインターホンが鳴った。日曜日の昼のインターホンは殆《ほとん》どが新聞の勧誘であることが多かったので、僕はそれを無視してうとうととベッドの上でまどろんでいた。

するともう一度、インターホンが鳴った。おかしいなと思った。新聞の勧誘員は別に僕に用事があるわけではなく、その部屋に住んでいる人間ならば誰でもいいわけである。つまり、そこに人がいるかどうかが最大の問題なので、いないとわかると二度は鳴らさない。彼らだって忙しいのだ。

二度鳴るということは部屋の住人ではなくて僕自身に用のある人間の可能性が格段に高くなる。

僕はノロノロと立ち上がってインターホンを取り、モニターを覗《のぞ》きこんだ。そこには見覚えのないショートカットの女の子が所在なげにやや不安そうな表情をして立っている姿が映しだされていた。

宗教の勧誘かなと僕は思った。それくらいしか見ず知らずの若い女の子が僕の部屋を訪れてくる理由を見つけ出すことができなかったからだ。

「どなたですか?」と僕は寝ぼけた声で聞いた。

「山崎さんですか?」と女の子は言った。

「はい。山崎です」

「お休みのところ突然お訪ねして申し訳ありません。私、浅川《あさかわ》七海といいます」

聞き覚えのない名前だった。

「可奈ちゃんの友達なんです」

「えっ？」

「実は今日お訪ねしたのは、可奈ちゃんから山崎さん宛《あ》ての手紙を預かっていまして、それを届けにきたんです」

「可奈ちゃんの手紙？」

「はい」

「それはわざわざすみません。今、オートロックを開けますので、四〇六号室まで上がってきて下さい」

チャイムが鳴り、僕は玄関のドアを開けた。

そこには痩せた女の子が立っていた。ジーパンをはき、白いコットンのブラウスが清楚《せいそ》な雰囲気を醸し出していた。

「浅川七海です。はじめまして」と言った口元からきれいな白い歯がこぼれ、理知的な黒い瞳が物怖じせずに真っ直ぐに僕を見つめた。

それが七海と僕の出会いだった。

クーとモモが全速力で飛び出してきて、彼女にじゃれついていった。モモは何を思ったのか七海の足元でごろんとひっくり返り、ピンク色の腹を出して尻尾《しっぽ》をせわしなく振り回し、服従と遊んで下さいの意志を同時に示していた。

「あらあら」と七海は言った。

「しょうがないなあ」と僕は言った。

「可愛《かわい》い。だっこしてもいいですか？」

「ええ、もちろん。それと汚いところですけれど上がって下さい」

クーとモモは興奮状態で七海の取り合いをしていた。そんな行儀の悪い犬たちを七海は魔法のように上手になだめ、あっという間に膝の上に二匹を載せ、落ち着かせてしまったのだった。

「お昼は食べましたか？」と僕は訊いた。

「いや、まだです」

「よかったら食べない？　昨日作ったオニオンスープとパンとハムエッグ。それとマカロニグラタンもあるよ。作りおきのだけれどね」

「うわあ、凄い。料理好きなんですか」

「好きというか、必要に迫られてというか」

「じゃあ、いただこうかな。グラタンはいいです。そんなに食べられないと思うから」

七海は二匹の子犬を膝の上に載せて、優しく撫でながらそう言った。

僕はスープを温めて、パンをトースターに放りこみ厚手のロースハムをフライパンにかけた。

オニオンスープの味を七海は誉めてくれた。僕は昨日の夜三時間もかけて、ひたすら玉《たま》葱《ねぎ》を炒《いた》め続けていたことを彼女に告白した。大変ねと彼女が言ったので、夜中にキッチンでビールを飲みながら玉葱を炒めているのはとても楽しいよと僕は言った。焦げないかと彼女が訊くので、五分炒めては五分火を止めてひたすらそれを繰り返すんだと教えてやった。火を点けていないときもフライパンの余熱で玉葱は炒められていく、そうすると焦げないんだよと。へー、そうなんだあ、と七海はちょっと感心してくれた。五分ずつ火を点けたり消したりするんだあ。

食事が終わると彼女はクーとモモを再び膝の上に載せた。僕は紅茶を漉《こ》しながら、頼むからそこでおしっこだけはしないでくれよ、と心の中で祈っていた。

七海は中野のコンビニでアルバイトをしていて、深夜に毎日のように現れてどっさり買い物をしていく可奈といつの間にか知り合いになった。ある日、可奈が手に持ちきれないほど買いこんでしまったことがあって、それを七海が家に運ぶのを手伝ったことが二人の仲がよくなる直接のきっかけとなった。

それ以来、可奈は七海に手土産を持って現れるようになった。タコ焼きのこともあったし水羊羹《ようかん》のこともあったし、びっくりするような高級ブランドのハンドバッグのこともあった。そうやって二人はコンビニの店員と深夜に訪れてくる客という基本線を崩さないまま、それでも少しずつ付き合いと信頼を深めていったのだった。七海のアルバイトが終わるのを、時々可奈はすぐ側にある終夜営業のファミレスで待つようなこともあった。そして二人で明け方近くまで、音楽とか恋とか料理とか誰でもがその店で話題にするような他愛のない、しかしそれでいて心が少しだけ軽くなるような会話をするようにもなったのだった。

ある日の午前三時ころ、コンビニに可奈が駆けこんできた。明らかに様子がおかしかった。ジュースの補充をしていた七海を見つけると、袖《そで》を引っ張り倉庫へと連れこんだ。

「お願いがあるの、と可奈ちゃんが泣きそうな顔をして私に言うんです」と七海は僕の目を見ながら言った。

「お願いだから今から私が言うことを断らないでって」

僕は何も口を挟まずに七海の話を聞いていた。

「この手紙を届けて欲しいの。もう今は、あなたしかこれを頼める人を思いつかないの。

だから迷惑だろうけれど断らないで。西荻窪駅を降りると、北銀座通りという中央線と垂直に交差しているバス通りがあって、その道を北に向かって三分くらい歩くと右側に大きな教会が見えてくるの。その隣にラフォーレ西荻っていう茶色いタイル貼《ば》りの大きなマンションが建っているから、そこの四〇六号室の山崎さんという人にこの手紙を届けて欲しいの」と七海は一語一句をできるだけ正確に再現しようと、リズムを刻み込むように話した。

「それでね、それは今から二カ月たった後にして。その後ならいつでもいいから。お願いね、ラフォーレ西荻四〇六の山崎さんよ」

そこまで一気に話すと七海はフーッと大きな溜息《ためいき》をついた。

「それで君は何て？」

「はい、わかりました。必ず届けるから安心して。約束するわって」

「そうかあ」と言って僕も溜息をついた。

「だから、あの日から二カ月目の今日、私はこれを届けにきました」と七海は白いブラウスの胸ポケットから一通の手紙を僕に向かって差し出したのだった。

その七海の上で、モモが急にまるで何かが乗り移ったような目つきでクネクネと体を妖《あや》しげにくねらせながらダンスのような仕草を始めている。

やばい、と僕は思った。

その僕の顔を怪訝《けげん》そうに見て「えっ?」というふうに七海の口が動いた。

「おいおい」と僕が言ったときにはもう何もかもが手遅れだった。

僕のその言葉と殆《ほとん》ど同時に「ひやーっ」という小さな叫び声を七海は上げていた。

モモがあろうことか、初めて我が家を訪ねてきた綺麗《きれい》なお客さんの膝の上でおしっこを漏らしてしまったのである。

「こらっ」と僕は慌ててモモの首根っこを捕まえて、彼女の膝から引き離し「いけないっ」と怒鳴りつけ、頭を二、三発ひっぱたいた。

「キュワーン」と僕の右手に吊《つ》るされたモモは尻尾を丸めおしっこをたらたら滴らせながら、これ以上ないというくらいの情けない悲鳴を上げた。

七海のウォッシュアウトされたジーパンの上に大きなしみができていた。

七海は僕を見た。

その瞳に明らかな怒りの色がこもっていた。

「ごめんなさい」と僕は謝った。

すると、押し殺したような口調で七海は僕にこう言った。

「彼女を下ろしてあげて。今すぐに床に解放してあげて」

そして続けた。

「犬は人間の十分の一しか生きられないんです。だから、きっと歓びも悲しみも人間の十倍なんです。お願いだからモモちゃんを怒らないで、彼女は今私たちの十倍悲しいのよ」

と。

僕はとにかくジーパンを洗濯機にかけ、すぐにベランダで乾かした。その間、七海は僕のダブダブのジーパンをはいていた。

そして信じられないことがその日のうちに起こった。

僕はその日、七海とキスをしお互いを抱きしめ合い、セックスをした。しかもそれは二十歳になったばかりの七海にとって、生まれて初めてのセックスだったのである。

*

東の空が明るくなりはじめていた。モモと七海の大嫌いなカラスが甲高い声を上げていた。静まり返った西荻窪の街にそれは耳障りな管弦楽器のように響き渡っていた。カラスの声がやんでいる間には小鳥たちの健気《けなげ》な囀《さえず》りが聞こえてきた。どちらにしろ朝は鳥たちの歌で埋め尽くされていた。

「七海」

僕はポテトチップスを齧《かじ》りながらアクアリウムを眺め続けている七海に声をかけた。

「うん？」と七海は振り返らずに言った。

「昨日、水換えしたんだよ」

「凄くきれい。静かだけれど賑《にぎ》やか」

「エビも元気だろ」

「うん。とっても元気」

僕は七海のお土産の黒ビールを開け、横に腰掛けて並んでアクアリウムを見た。

「七海？」

「何？」

「今日はね何だか色んなことがあったんだ」

「疲れた？」

「ちょっとね」

「出張校正は」

「それは無事に終わったよ」

「悲しそうな顔をしてるよ」

「そう?」

「悲しいの?　何かあった?」

「うん、それもあるんだけど、昔のことを色々と思い出しちゃってね」

「昔のこと?」

「そう。学生時代に付き合っていた彼女から十九年ぶりに電話がかかってきた。突然に」

「あら素敵じゃない」

「そうかな?」

「悲しいなら、泣けばなおるよ」

「そういう悲しさじゃないんだ」

「でも悲しいんでしょ」

「ああ、モモの二十分の一かな」

「じゃあ、泣いた方がいいよ」

そんなとりとめのない会話を交わしながら二人はぼんやりとアクアリウムを眺めていた。水があって光があって水草があって魚がいて、ニトロゾモナスとニトロバクターがいて、アンモニアがあって亜硝酸があって硝酸塩があって酸素と二酸化炭素がある。それに比べると、僕と七海がいるこの場所は何もかもがあやふやに思えた。そのあやふやな世界の端っこで僕と七海は出会って愛し合い、こうして二人並んでポテトチップスを齧りながらあやふやじゃない世界を覗きこんでいる。向こうから僕らのいるこの世界はどのように映っているのだろう。

「沢井さんって覚えている？」

「あなたの先輩でしょ。優しい感じの人」

「今日、死んだんだ」

「えっ？」

「肺癌《はいがん》でね。もう随分と悪かったんだけど。今日、亡くなった」

「そう」

「僕に編集のすべてを教えてくれた人」

「エロ本の編集？」

「そう」

「昨日、お見舞いに行ったんだ。沢井さん体中にチューブを通されていてね、ゲホゲホ咳《せ》き込みながら僕に必死に話しかけてくるんだよ。苦しいでしょうから黙っていて下さいって言っても、どうしても聞いてくれってきかないんだ」

ポテトチップスを齧っていた七海の手がいつの間にか止まっていた。

「エロ雑誌のエスカレートは際限なくなっているって」

「そんなに凄いの」

「最近は特にね。エロビデオに押されて、それを押し戻すために逮捕覚悟みたいな雑誌が乱立してね。そうなると必然的に過激合戦みたいになっていく。読者はやっぱり写っていない雑誌よりは写っている雑誌を選ぶからね」

「へえー、そういうものなの」

「編集長を引きうけてもらって矛盾しているかもしれないけれど、山崎、一年もやったら文人出版をやめろ。その方がお前のためになる。お前の技術があればどこに行ったって十分にやっていけるからって。そうでなかったら、自分が作った本を家族に見せることもできないまま、気がついたらチューブだらけになっているのがおちだってね」

「可哀想」

「僕は言ったんだ。沢井さん、それこそが僕たちの誇りじゃないですか。そういう沢井さんを僕は心から誇りに思っています。あなたこそが、編集者の中の編集者ですって」

「そうしたら?」

「咳でもう声も出なくて……。ありがとうって唇が動いていた。涙がポロポロってスポイトから水玉が落ちるように零《こぼ》れていた」

「ふーん」

「それから沢井さんは最後の気力を振り絞るようにしてこう言った。それは、どんな長い長い旅にも必ず終わるときがくるということに似ている、と」

僕は沢井さんに初めて会った日のことを七海に話した。緊張しながら僕が二冊の本の名前を挙げたあの遠い夏の日のことを。そして沢井さんの最後の言葉が僕が一冊目に挙げた小説のフレーズであることを。

「本をちゃんと読んでいてくれたんだ」

「それも、十九年間も僕に黙っていた」

「優しい人ね」

「そう、編集者の中の編集者さ」と僕は胸を張った。

「私ね、最近、水槽を見ているとあまりにもきれいすぎて不意に涙がでちゃいそうになることがあるの」と七海はアクアリウムをじっと見つめながら言った。

そして続けた。

「どうしてかしら、悲しいわけじゃないのに」

「僕だってそうさ」

「本当？」

「うん。あまりにも透明な水のせいなのかなあと思うこともある」

「ここに見えているものって本当は何なのかしら。水があって小魚がいて水草があって水泡があってエビがいて光があって。動きがあるのに死後の世界みたいに静まり返っていて」

七海は涙ぐんでいた。

「こう見えても、僕は君のことが凄く好きなんだよ」

「わかってるよ」と七海は泣きながら言った。

「ごめんね。君を悲しませるつもりはなかったんだ」

「そうじゃないの。そうじゃなくて、きっとあなたが言ったように水が透明すぎるのよ。それが何だか切ないの。どうして、水や魚はこんなに美しいの?」と言って七海は僕の胸にしがみついてきた。

「七海」と僕は髪を撫でながら言った。

「なに?」

「僕、文人出版をやめるよ」

「そう。やめて何やるの」

「わからない。何も考えていない。もう四十一歳だし、景気も悪いからなあ。今からじゃできないことも多いだろうけど、でもきっと同じくらいはできることもあるはずだ」

「編集?」

「何も見つからなければ仕方ないけれど。でもね、もう編集はいいんだ。僕はねエロ本の編集者を十九年もやってきた。煽情《せんじょう》して勃起《ぼっき》させて、売りまくってきた。だから、もういいんだ本作りは。それにエロ雑誌以上に、この世にいい素材があるとも思えないし」

「あなたも編集者の中の編集者なのね」

「そう。沢井さんの一番弟子だよ」

「覚えておくわ」

「編集じゃない何か他のことを探してみる」

「私のために?」

「そう。それと」

「それと?」

「自分自身のために」

その日、七海と僕は激しく抱き合い、今までにないくらいに深く深く結びついた。七海は一度も見せたことのない表情で歓びを表し、聞いたことのない低い唸《うな》り声を上げた。

七海は快感をコントロールすることをやめて、自分を解き放ち、初めての原野をさまよった。

「どうしたらいいの？」と七海は何度も叫んだ。

「私、どうなっちゃうの？」

七海は足を広げ僕を少しでも深く受け入れようとし、それでも足りずに腰を浮かせ下半身を小刻みに震わせた。

「気持ちいいの。どうして？　ああ、私どうしたらいいの？」

それは生まれて初めて七海を襲うオルガスムスの波だった。七海は管になっていた。そして七海という管と僕という管は重なり合い摩擦熱を発しながら、お互いの存在を確かめようともがいているのかもしれない。その歓びは確かにどこか悲しみに似ていて、そして僕は今こうして七海に快感を与えているのと同時に、どこか深い部分では彼女を確実に傷つけているのかもしれない。そんな思いがグルグルと快感の周りをとりまいていた。

やがて、七海の腰は彼女の意識とはまったく別のところでオートマチックに妖しくそして激しく動き始めた。七海と僕はほとんど同時に快感のまわりをとりまいているものを次々と破り捨てはじめ、火のように熱い快感そのものの姿をはっきりと形にするために、石のように硬くきつく抱きしめあったのだった。

「愛してる」と七海はその美しい顔を歪《ゆが》めながら何度も何度もそう叫んだ。

そうやって僕は七海の三つ目の海を知り、そしておそらく七海はベッドの上にひとかけらの透明な殻を脱ぎ捨てたのだろう。

七海の大好きなエビたちのように。

*

ロートに水を入れたような一週間だったなと、眠る七海の髪を撫でながら僕は思った。そこに最初に水を入れたのは、由希子の電話なのか森本の電話だったのだろうか。ロートに入れられた水は色々な思いや記憶を蘇らせながら、必ずひとつの場所に集まりやがて流れおちていく。僕はその避けることのできない水の勢いのなかで、必死に手足を踏ん張って抵抗しながら、それでも結局は吸いこまれていく。そしてその瞬間を迎えるたびにビクッと体中が反応して、まどろみから目が覚めるというようなことを繰り返していた。

記憶のロートに入れられた水はいったいなんのために集められ、どこに滑り落ちていこうというのだろうか。

「クーン」という子犬の鳴き声のような小さな声を上げながら七海はときどき寝返りを打った。

僕は睡眠と覚醒《かくせい》の中間くらいの不安定な場所をうろうろとさまよっていた。

二年前に可奈は七海に僕あての手紙を託して消えてしまった。それから、可奈の消息はまったくつかめない。こんなふうに生きていた痕跡すら消し去るように、人間が急に消失してしまうことがあるのだろうか。大勢の記憶の中だけの存在になりたいと可奈は書いた。それはいったいどういうことなのだろうか。

覚醒している部分で僕は可奈からの手紙を頭の中で反芻《はんすう》してみる。それはこの二年間、何度も何度も繰り返したことだった。

〝おじさんへ

クーとモモとランプアイとアジアンタムくんは元気ですか？　おじさんは元気ですか？

私は今、何といったらいいかどうしたらいいかとても複雑な状況です。整理もせずにほったらかしておいた、生きていることの様々なある部分がどーっという感じで一度に押し寄せてきて、毎日毎日津波のように詰め寄ってくるような、そんな恐怖の日々です。

ようするに可奈もきっとランプアイのようなもので、光があたっていなくては存在価値がない魚なのかもしれません。おじさんの部屋の水槽を眺めていて思いました。私は消えた方がいいと。一旦は、あるいはそんなことができないとすれば永遠に。現実の中の私はもう終わりで、できれば私は、今まで会った大勢の人たちの記憶のなかだけの存在になれないかなと希望したりしています。

なぜ僕のところにきたのかって、私がお世話になっている間、おじさんが私にひとつだけした質問です。それにちゃんと答えなかったことを今、私はとてもとても後悔していて、だから彼女にこの手紙を託すことにしたのです。

私は初めてインタビューを受けておじさんから名刺を貰《もら》ったときに思いました。私はおじさんのことをずーっと昔から知っていたのかもしれないと。

傘の自由化は成功しましたか?

いつかソフトクリーム攻撃をしてあげるね。さようなら。本当に本当にありがとう。

可奈〟

p.f. 4

十九年ぶりに会う恋人にいったいどんな顔をすればいいというのだろう。

午後二時という由希子との約束の三十分前に、僕は新宿南口の改札口に立っていた。

日曜日の新宿は相変わらずどうしようもないほどの混雑で、ビルや道路ではなくて埋め尽くす人間たちがそのまま雑踏という名前の風景を作っているようだった。

「ファッキング・新宿」。いつか高木が書いた文章のなかにあったフレーズを、こんな光景を見るたびに僕は思いだし、そして口にする。

改札口の近くにはCDの売店があって、そこのラジカセからはジョン・レノンの〝アクロス・ズィ・ユニバース〟が流れていた。

〝言葉は終わりのない雨のように、紙コップの中へと溢《あふ》れ続けている〟

その歌を聴きながら僕はぼんやりと由希子を待っている。そうやって僕もまた雑踏という名前の風景を作りながら立ちすくんでいた。

自動改札からはとても数を数える気もおきないほどの人が、それこそ終わりのない雨のように溢れ続け、そしてその人波の中に僕は由希子を見つけた。僕が由希子を見つけるのとほとんど同時に由希子も僕を見つけた。

「やあ」と僕は言った。

「やあ」と由希子は答えた。

「久しぶりだね」

「本当に久しぶりね」

十九年前と由希子は少しも変わっていなかった。淡いレモン色のワンピースを上品に着こなし、口元からは白い歯がこぼれた。僕は不思議な感覚に囚われた。十九年の月日が人間の姿形を変えないはずがない。もしかしたら由希子は僕の記憶の中で歳月とともに、やっぱり少しずつ年齢を重ねていて、その自分の中にある記憶の映像と少しも変わっていないということなのかもしれないと、由希子のちょっと照れたような笑顔を見ながら考えていた。

「こんにちは」

由希子の後ろから小さな女の子が現れて僕に向かってそう言うと、すぐにまた由希子の体の後ろに姿を隠してしまった。

「あれっ？」と僕は言った。

「ごめんね山崎君。この子にあなたの話をしたら絶対についていくってきかないのよ」

「綾ちゃん？」

「そう、綾子。ほら前に出ておじさんにちゃんとご挨拶《あいさつ》しなさい」

由希子は促したが、綾ちゃんはもじもじしてなかなか前に出てこようとしない。

「人見知りのくせに、ついてくるんだからあ」と由希子は優しく綾ちゃんをたしなめた。

「こんにちは」

意を決して由希子のスカートにしがみつくようにしながら前に回った綾ちゃんは僕に言った。

「こんにちは」と言って僕は頭を撫《な》でてやった。

「おじさん、お魚、たくさん、持って、いるんだって」と綾ちゃんはこまめに息継ぎをしながら小さな声で言った。

「うん。持っているよ」

「綾ちゃんも、欲しいの」

「綾ちゃんだってプリクラたくさん持ってるんだって？」

「うん」

「おじさんにくれる？」

「うん。あげる」

「いい子だね。じゃあ、おじさんもあげるよ」

そう言うと、綾ちゃんは顔をくしゃくしゃにして喜んだ。その顔を見て由希子も子供の頃はこんな笑い方をしたのだろうかと思った。

僕たち三人は、新宿南口の陸橋を新宿御苑《ぎょえん》の方向へとぶらぶらと歩きながら下って行った。この道は何度となく由希子と手をつないで歩いた場所だった。

「渡辺さんのマンションが見えるわ」と由希子はこの道を下るときにはいつも、御苑の淵《ふち》に立つマンションを目で追ってそう言ったものだった。

ナベさんのマンションは相変わらずそこに建っていた。しかし一家は随分前に引越していたし、それについて由希子が何を言うこともなかった。

でもきっと由希子は心の中でそう言っているはずだと僕は思った。この坂道もあの建物も、二人にとってあまりにも特別な場所なのである。

僕はこの十九年でここを何度歩いたかわからない。その度に僕はあのマンションを無意識に目で探していたし、由希子がここを何回歩いたかはわからないが、きっといつも僕と同じことをしてきたのだろうと、それははっきりと想像ができた。

＊

三人は三越の近くのビアホールに入り、僕は黒生ビールを、由希子は一番小さな生ビールを、綾ちゃんはクリームソーダを注文した。

そして由希子は言った。

「山崎君、全然変わっていないわね。本当に不思議なくらいに変わっていない」

「そうかなあ」

「うん、本当。驚いたわ」

由希子がそう言うと横で綾ちゃんもウンウンという風に相槌《あいづち》を打った。

「蛍って英語でなんて言うの？」

「ファイヤーフライ」

「ほらっ」と由希子は口を手で押さえて笑った。

「変なこと知っているのよね昔から。どうしてかしら？」

「どうしてだろう」

僕は僕で知っていそうで知らなそうで、それでいてぎりぎり知っているだろうことを的確に訊いてくる由希子の変わらない勘のよさに驚いていた。

「由希子も変わっていないね」と、だから僕も言った。

「綾ちゃん、おじさんにお願いがあるんでしょう」と鮮やかな緑色のソーダ水をストローで行儀よく飲んでいる綾ちゃんに由希子が言った。

「うん」

「じゃあ、どうぞ」

「あのね。お水をきれいにするいい人のお魚さんを綾ちゃんにちょうだい」

「よく知っているね」

「今日の朝、ママから聞いたもん」

「水槽のこと?」

「うん。悪いばい菌をやっつけてくれるいいばい菌を産むお魚さんがいるんでしょ。綾ちゃんはそれが欲しいの」

綾ちゃんは僕の顔を真っ直ぐに見ながら言った。くっきりとした意志の強そうな黒目と長い睫《まつげ》が由希子によく似ていた。

「どこにいるの?」

「デパートかな」

「じゃあ、連れてって」

「パパに連れていってもらったら」と僕が言ったら綾ちゃんは唇を嚙《か》んで俯《うつむ》いてしまった。

「うちの旦那《だんな》、もうまったくどうしようもないの。前はポンといなくなっても一週間くらいで戻ってきたんだけれど、最近は一カ月も出ていったきり。お金だけは口座に振り込んでくるからいいんだけど。どうせまた女ができたのよ。広告代理店の男なんて、それが仕事のできる男だなんて思っているんだから、まったく最低ね」

「由希子はそれを待っているんだ」

「まあ、今はしようがないわね。怒る気にもなれないわ。それに彼は彼で結構優しいところもあるし。まあ、そのうち疲れ果てて戻ってくるんじゃないかしら。その繰り返しだもの」

そう言って由希子は寂しそうに笑った。

「子供にそんなこと聞かせてもいいの？」

「全然平気よ。うちは完全情報開示だから。綾ちゃんは何でも知っているのよ、ねっ」と由希子はいとおしそうに綾ちゃんの頭を撫でた。

「うん」

涙の誘惑に必死に打ち勝った綾ちゃんはコックリとうなずき「何でも知っているよ」と言ってクリームソーダの緑色に染まった舌をペロッと出した。

「だからお魚さんちょうだい」

「わかったよ。後でデパートで買ってあげるから」と僕は健気《けなげ》に涙をこらえた綾ちゃんに感謝しながら言った。

それを聞くと綾ちゃんは満足そうにクリームソーダを飲み干して、グラスの中に小さな指を突っ込み赤いさくらんぼを取り出した。そして、天井を向いてその宝物を大切そうにちょっと恥ずかしそうに、少しずつ口の中に落下させていくのだった。

「私、それで一時期めちゃくちゃに荒れていたことがあるの。まだ子供が生まれる前だけど」

「それはそうだろうね」

「向こうがその気なら、こっちはこっちで適当に遊んでやれと思ってね。それで、週に三日くらい新宿で飲んだくれていたのよ」

魚を買ってもらう約束を取り付け、大切なさくらんぼを食べ終えたことに安心したのか、綾ちゃんは由希子の腿《もも》にしがみつくようにしてうとうととまどろみ始めていた。

「そしてね、ある日飲み屋で出会ったわけ」と言うと由希子はさすがに躊躇《ちゅうちょ》するように唇をきゅっとすぼめた。

そして続けた。

「まったく風采《ふうさい》も上がらなくって見るからに冴《さ》えない男だったんだけど、こっちはもういっそのことその方がいいかっていうくらいで、彼の言うことに適当に合わせてホテルに入ったわけ。酔っ払った振りをして。大久保《おおくぼ》のどうしようもないラブホテルよ」

「へえ」

僕は心配になって綾ちゃんの様子を窺《うかが》った。綾ちゃんは相変わらず由希子のスカートにしがみつき夢と現実の中間よりも、夢の方に近い場所を彷徨《さまよ》っているように見えた。

僕は二杯めの黒生ビールを、由希子は小さな生ビールを注文した。

「それでね、一応訊いてみたのよ。あなたはどんなお仕事をしていらっしゃるんですかって」

「そうしたら？」

「小さなところだからたぶんご存知ないでしょうけれど、出版社に勤めて本をこつこつ作っていますって言うの」

「ハハ。まさか」

思わず僕は口に含んだ黒ビールを噴き出しそうになった。

「でね、私訊いたの。編集のお仕事なんか素敵ですわね。どちらですか、差し支えなかったら教えてくださいませんかって」

「うんうん」

「そうしたら彼、真面目《まじめ》くさった顔で言うのよ。文人出版と申します」

由希子も僕も思わずゲラゲラと笑い転げてしまった。

「それでね、私さらに訊いたのよ。編集者はいろいろな本を読むのでしょうねえって。そしたら彼、そうそれが僕たちの仕事だからなあなんて呟《つぶや》いて、渋そうな顔をして煙草を吹かしちゃってるの」

「ハハ」

「今まで読んだ本で一番好きな本は何ですかって突っ込んだのよ私」と由希子は笑いながらいたずらっぽく僕の目を見て答えを促した。

「『人間失格』?」

「そう。一番といわれればやっぱり『人間失格』と答えるしかないかなあ、なんて気取っちゃってるの」

由希子と僕は腹を抱えて笑い出してしまった。そうやっていつの間にか僕たちも、ピアホールの静かなざわめきの演奏者となっていた。

「で、私こう言ったの。私の友達に文人出版の雑誌に出演させてもらった子がいるんですよって。そしたら彼、しどろもどろになっちゃって。ややっ、我が社をご存知でしたかだって」

「バカなやつだなあ」

「それでね、結局というか当然というか何もしないでホテルを出たのよ。白けちゃってね二人とも。いやこうやって職業柄、時々ラブホテルのチェックなんかもしなくてはならなくてなんて、彼、照れ隠しを言っていたわ。それから五十嵐さんとは飲み友達みたいな感じになって、時々新宿の店で顔を合わせると楽しく飲むような仲になったの」

そう言って由希子はグラスを口に運んだ。

「ラブホテルから出てね、タクシーに乗って街の風景を眺めていたら、何だか涙が止まらなくなっちゃって。悲しくて。山崎君のことを思い出していた。ああ、私はこうやって今でも山崎君に守られているんだなあ、だからもう金輪際こんなバカなことをするのはやめようってね」

そう言うと由希子は唇を噛み、細い指で髪の毛をさっとかき上げた。

「僕に守られている?」

「そうよ」

「僕が守られていたんじゃなくて?」

「どうして」

「だって、由希子が僕に東京中の道順も教えてくれたし、いつも僕のために何かを選んでくれて、そのやり方や理由を示してくれた。就職先だって結局は由希子が探してくれて、十九年たった今も僕はそこに勤めているんだよ」

「そんなことが何なの？」

由希子は不思議そうに僕を見た。

「そんなことやろうと思えば誰だってできることじゃない。それに実際、山崎君だって私と別れた後は自分自身でそれをやってきたんでしょう」

ビアホールはさざなみのようなざわめきに囲まれていた。その波間を浮き袋を抱えて漂っているような不思議な感覚に僕は包まれていた。

「それにね、私思うの。例えば右と左に分かれる道があって、右に行くことが楽しいと確信して右に進んでいく人間と、正しい道かどうかもわからずに、だけど結果的には右に進んでしまっている人間とどちらが優秀で、そしてどっちの人生が楽しいのかって」

「でも左に行っちゃったら？」

「それがね、その人が左に進んでいるときは大抵はどうでもいいときなのよ。左に進んでも必ずこの先に右につながる道があることがわかっているときとか、かえって左に進んだ方が道がでこぼこしていて楽しいときとか」

由希子の長い睫ときゅっとすぼめたような薄い唇を、僕は黒ビールを飲み煙草を吹かしながらぼんやりと眺めていた。

「でもね」と言って由希子はその先の言葉を言いよどんだ。

「でも？」

「私みたいに進むべき正しい道がわかっているように思いこんでいる人間は、右の道を迷わずに進んでいく。そしてね、一度その道を歩き始めたらもう戻ることはできなくなるの」

「でも僕はあの夜、左の道に入りこんで、そしてもう戻れなくなっていた」

「そうじゃないの。今になるとわかるの。あなたが左に進んだわけじゃないの。ただあなたはいつものように道の前に立ち止まって、何も選ばなかっただけ。問題は私で、私がどんどんと右の道を歩き始め、気がつくともう戻れない場所にいた」

そう言う由希子の瞳に涙が滲《にじ》んでいた。

「子供が梯子《はしご》を上っていって、気がつくと随分と高い場所にいて、振り向くと怖くて足が竦《すく》んで動けない。振り向くと、怖くて……」

耳には届くが意識には届いてこないざわめきが、BGMのように静かに鳴り響いている。ジョン・レノンが歌うように、確かにこうやって僕たちは言葉を紙コップの中に注ぎ続けているのかもしれない。終わりのない雨のような言葉を。

「山崎君、私のアパートのドアを一晩中叩《たた》いていたこともあったよね。由希子、由希子って小さな声で」

「謝りたかったんだ。一言でもいいから」

「あの日、私部屋にいたの。泣いていたのよ。トントンという山崎君の静かなノックの音を聞きながら。私、本当は別れたくなかった。こんなに優しいノックの音を何時間も立て続ける人なんかいない。そう思った。そんな人と別れたくない」

言葉と同じように、やがて由希子の瞳からも涙が静かに溢れ、そして紙コップの中へと落ちていった。

「でも、もう私は戻れない。それは山崎君が悪いんじゃなくて、私はそうやって生きてきた。一度だって正しいと思って歩き始めた道を戻ったことはなかったし、その必要もなかった。それに、もし一度そうすると私はもう二度と前に進めなくなってしまうような気がする。それは山崎隆二に必要な川上由希子じゃあない。だからどんなことがあってもドアを開けちゃだめだって。梯子を、一度上り始めた梯子を私は振り返らずに上り続けるしかないんだ」

そう言うと由希子は指先で涙を拭《ぬぐ》った。

そして「ごめんなさい」と言った。

綾ちゃんは静かに眠っていた。天使のようにあどけなく汚れなく眠っていた。

「渡辺さん、きっと私たちに生きやすい環境を作ろうとしていてくれたのね」

そう言って由希子は小さな声で続けた。

「パイロットフィッシュ」

「えっ？」

由希子は悲しそうに目を伏せて、もう一度こう呟いた。

「パイロットフィッシュ。私とそして私たち二人の」

＊

由希子と僕はしばらく黙りこんでしまった。

僕はチョリソーをナイフとフォークで器用に切り、それを手際よく小皿に取り分けて友達に配っている女の子や、ビールのジョッキを何杯も指に挟み、踊るようにフロアーを歩いているウェイターの姿を眺めたりしていた。チョリソーに女の子が添えている酢キャベツの正しい名称を思い出そうとしたがうまく思い出すことができなかった。

ざわめきのさざなみを漂っていた自分がいつのまにか、底に沈んでしまっているような気がした。静かで、心は不思議なほどに穏やかだった。

渡辺さんの部屋の風景を思い浮かべることは僕にとっていつも胸の痛みがつきまとう作業だった。その光景は歯医者の待合室で順番を待っているときや、取材で出かけた見知らぬ街の見知らぬ路地裏を歩いているときや、うまく眠ることができなかった夜が明けるころに、何の予兆もないままに不意に僕の心の奥深い部分に蘇《よみがえ》ってきた。

渡辺さんの家族と由希子と過した時間。それはどこの瞬間をどう切り取っても何もかもが澄み渡り、水槽の中にいるように穏やかで平和な時間だった。

七海が水槽を眺めながら不意に悲しくなると泣いたように、その記憶は僕にとってあまりにも透明で美しくそして危険だった。

澄み切った水の中に漂う美しい魚のように、届きそうでいて二度とは届かない過去。雪のように音もなく降り積もっていった静かな、しかし確実な時間。ランプアイの瞳《ひとみ》のように、いつも光を反射している美しい由希子の姿。確かなものだったはずの二人の愛。割れたグラスのようにいつも輝いていた僕と由希子の夢の破片たち。

いったいそれはどこにいってしまったというのだろう。どうして消滅することなく今でも僕の胸をちくちくと痛め続けるのだろう。あれから十九年もたっているというのに、アクアリウムのようにこんなにも青くそして鮮明に。

「由希子」

「うん?」

「スパゲティーを食べるとき、僕は今でもスプーンの上でクルクルして音をたてないようにしているし、煙草が切れても絶対に灰皿のシケモクは拾わない。何故かわかる?」

「うーん」

「それはね、君がいやがるからだよ」

「私がいやがる?」

「そう。そうやってね別れて十九年たって一度も声さえも聞いたことがなかったのに、僕は今でも確実に影響を受け続けているんだ。それもものの凄《すご》く具体的なことで今でも君は僕の行動を制約している。だから僕は今でも人前でチューインガムは嚙まない」

「私の影響で」

「そう。由希子がいやがるから。そしてね僕は考えたんだ。君がたとえ僕の前からいなくなったとしても二人で過していた日々の記憶は残る。その記憶が僕の中にある限り、僕はその記憶の君から影響を与え続けられることになる。もちろん由希子だけじゃなくて、両親やナベさんや、これまでに出会ってきた多くの人たちから影響を受け続け、そしてそんな人たちと過した時間の記憶の集合体のようになって今の僕があるのかもしれないと考えることがある」

「記憶の集合体？」

「そう。だからね由希子。僕は君とは別れてはいない。それが人と人が出会うということなんじゃないかな。一度出会った人間は二度と別れることはできない」

「別れていない」

「この間、久しぶりに由希子の声を聞いた瞬間に僕はその声が君だと理解した。その瞬間に僕はそう思った。思ったというよりも普段から考えていたことが言葉になった」

「忘れることはないの？」

「もちろんある。でも忘れるということは表層的なことで、それは忘れているだけで消滅しているわけではないんだ。とりあえず必要がなくなって心の湖みたいな場所にどんどん放りこまれているだけで、だけど何かの拍子にそれは浮かび上がってくる」

「心の湖みたいな場所」

「そう。とても大きくて深くて」

由希子は僕の目を見てかすかに微笑《ほほえ》みを浮かべた。

そしてこう言った。

「それって、バイカル湖くらいに？」と。

＊

すこやかな綾ちゃんのお昼寝は続いていた。

僕は生ビールの中ジョッキをもう一杯頼むことにした。由希子はじゃあ私ももう一杯だけ飲もうかしらと言って、三杯めの小ジョッキを注文した。

「彼女の話を聞かせてよ」

「ああ、いいよ」

「七海ちゃんだっけ。どんな子なの？」

「優しい子だよ」

「どんな風に？」

「僕と十九歳離れているんだ。それが彼女の不安の種でね。だから眠る前にはいつも私が四十で五十九、五十で六十九、六十で七十九って数えて溜息《ためいき》をついている。そして九十九歳まで生きてねって、八十歳なら私も我慢できるからって」

「あら可愛《かわい》いじゃない。それで山崎君は何て言うの？」

「まあ頑張ってはみるって。そうするとまた羊の数を数え出すみたいに四十で五十九、五十で六十九とぶつぶつと始まって、そのうちに寝ちゃう」

「愛しているのね」

「ああ。僕なりにね」

「羨《うらや》ましいわ。あなたの齢《とし》で自分の子供以外に愛している人間がいるなんて幸せよ」

「そんなもんかな」

「そりゃそうよ」

それから僕は七海と知り合った経緯を由希子に説明した。それは、新宿のカリスマ的な風俗嬢の可奈をインタビューしたところから始まる長い物語だった。由希子は「ふーん」とか「面白そう」とか「そういうことってあるのよね」とか適当な相槌を打ちながら僕の話に聞き入っていた。

「やっちゃったの?」と可奈が僕の部屋に何週間か避難するように転がり込んできたときの話をすると由希子はそう言って目を輝かせた。

「やらないよ」と僕が言うと、ちょっとがっかりしたように「何でよ、もったいない」と言って残念そうに肩を落とした。

それからの可奈の失踪《しっそう》。

可奈の手紙を持って僕の部屋を訪れた七海との出会い。モモが彼女のジーパンの上におしっこをしてしまったこと。そしてそれからのその夜の信じられないできごと。

「人間の縁ってやっぱり不思議なものね」

「どうして？」

「だって何週間も一緒に暮らしていた女の子とは何でもなくて、初めて会った女の子とはそういうことになっちゃうんだもの」

「まあ、そうだね。でね、だからうちの犬にクーとモモって名前をつけたのは七海じゃなくて可奈ちゃんなんだよ」

「そうか、そうなんだあ」と由希子は少し照れたような顔をした。

「でもね、あなたの生活の中に若い女の子がいるっていう勘はそうははずれてなかったわね」

「うん。それはそうだ」

「その、可奈ちゃんの手紙って何が書いてあったの？」

「それがまた不思議な手紙で」

「差し支えなかったら教えてよ」

僕は殆ど一字一句まで暗記している可奈の手紙の文面を由希子に話した。

「記憶の中だけの存在になりたいかあ。なんか意味深ね」

「どういうことだと思う？」

「わからないけれど、普通に考えれば死ぬってことよねえ、それって」

「そうなのかなあ」

「普通に考えればよ。でも可奈ちゃんって何か普通じゃない感じがするから、もしかしたらまったく違うことなのかもしれない」

「それでね」と僕は言った。

「うん？」

「その手紙の後半にね、可奈ちゃんは実は僕のことをずっとずっと昔から知っていたって書いてあって」

「どういうこと？」

「そしてね、最後の方に、傘の自由化は成功しましたか？　って」

「えっ」と小さな叫び声を上げた由希子の瞳がひときわ強い光をたたえた。由希子の頭脳がフル回転をして、過去の記憶の周辺をグルグルと走り回っているようだった。

「傘の自由化？」

「そう」

「山崎君その話、可奈ちゃんにしたの？」

「いや、それはナベさんの部屋で話しただけで十何年思い出したこともなかった」

「じゃあ、可奈ちゃんて、もしかして冬花ちゃん?」

「あるいは秋菜ちゃん。でもそんなことはわからないし、正確なことは何もわからない」

「考えなさいよ」

「随分考えたさ。でも何もわからない」

可奈の存在自体が実は自分の記憶から派生した妄想ではないかとさえ思ったこともある。しかし、クーはいてモモはいる。

「聡子さんもう十何年も前に京都に帰ったのよね。冬花ちゃんは語学の勉強でヨーロッパに行っていて、秋菜ちゃんは東京でフリーターをしているって風の噂《うわさ》で聞いたことがあるけど。山崎君は何か知らないの?」

「いや、あれから全然連絡も取れない」

「私もそう。十五年前くらいに年賀状をもらったのが最後かな」

それから二人はしばらくの間、言葉を発する気力もないという感じで黙りこんでしまった。

「フワーッ」という猫の唸《うな》り声のような声を上げて綾ちゃんの昼寝は終わろうとしていた。

「会社を辞めようと思っているんだ」

「文人出版を？」
「そう。席を立たないでくれよ。今度はちゃんと自分の手で探すんだから」
「七海ちゃんのために？」
「そう。それと自分自身のために」

＊

それから三人はビアホールを出て新宿三越の屋上にある熱帯魚売り場へと向かった。そこで僕は小さな小さな熱帯魚飼育セットを綾ちゃんに買ってあげた。それと、とびきり元気なグッピー二匹もだ。この二匹のパイロットフィッシュが彼女の水槽の未来を左右することになる。

綾ちゃんはこれ以上ないほどに口を大きく開けて完璧《かんぺき》に喜びを表現した。そして「綾ちゃんの水槽きれいになる？」と僕に訊《き》いた。

「大丈夫だよ。きれいになる。だっていい人のお魚さんがいるんだから」と僕が答えると、綾ちゃんは「フンフン」と満足そうに肯《うなず》いて初めて手をつないだ。

新宿三越を出て三人で歌舞伎町の入り口にあるゲームセンターに向かった。

入るなり「電車でゴーやりたい」と綾ちゃんは叫んだ。

「だって、できないでしょう」と由希子が言った。

「じゃあ、ワニさん」と綾ちゃんは言って、機械に由希子から貰った百円玉を放り込んだ。それは岩の隙間《すきま》からワニが何匹も出たり隠れたりして、それを順番に手に持ったピンク色のハンマーで殴るという他愛のないゲームだった。

「いつもね、ゲームセンターにくると綾子がもういやだというまで遊ばせてやるの」と綾ちゃんの奮闘ぶりを優しく見守りながら由希子は言った。

「今日も別にそれで構わないよ」と僕も綾ちゃんのゲームを見ながら言った。

しかし今日の綾ちゃんは熱帯魚のことが気になって、ワニ叩きにうまく集中できないらしく、「ママ早くおうちに帰ろうよ」と言い始めてしまった。

「そうね。じゃあプリクラして帰りましょう」と由希子が言い、三人で機械の前に立った。プリクラの機械というのは光が漏れないようにビニールのシートで遮断されている。その小さな世界の中に由希子と僕とそして綾ちゃんの三人がいた。

綾ちゃんは由希子から貰った百円玉三枚を器用に放り込むと、由希子に抱えられたまま手馴《てな》れた手つきで次々と機械からの指示をこなしていく。

やがてピカッとフラッシュが光った。

変な音楽が鳴り出して、しばらくすると切手のシートのように印刷されたシールができ上がってきた。由希子と僕の間に挟まるように綾ちゃんが小さな笑顔を作っていた。

「綾子、よかったね」と由希子が言うと、「うん」と綾ちゃんは素直に肯いた。

「おしっこは?」

「いらない」

「山崎君、私お手洗いに行くんで綾子をちょっと見ててくれる」と由希子はトイレに向かった。

「綾ちゃん」と二人になった僕は綾ちゃんに言った。

「うん?」

「綾ちゃんにお願いがあるんだ」

「うん」

「ママを大切にするんだよ」

「うん」

「ママをいじめるやつが現れたら、ワニさんみたいに上手にひっぱたくんだよ」

「うん」と言った綾ちゃんの目に涙がみるみる溢れてきた。

「よし、いい子だ」と僕は言って頭を撫でてやった。瞳に溢れる無垢《むく》な涙を見ていると、僕も泣いてしまいそうになった。許されることならば、この場で綾ちゃんを抱きすくめてやりたかった。

「それとね」

「うん」

「梯子を上りたくなったら」

「梯子？」

「そう。わからないかもしれないけど覚えておいて。梯子を上りたくなったら、下を振り返りながら上るんだよ」

綾ちゃんは何も言わずにコクリと肯いた。

由希子が戻ってきて三人はゲームセンターを出た。

「頑張って九十九歳まで生きるのよ」

別れ際に由希子が言った。

「ああ。できる限りは」

「山崎君、方向音痴でよかったね」

方向音痴に気をつけてね、といつも別れるときにそっと囁《ささや》いた由希子の声が胸の中に甦ってきた。

「だって、あなたはそうやってあなたらしく生きているんだもの」と由希子は言い、それに答える言葉を探したけれどうまく見つけることができなかった。

それからまるで独り言のように由希子はポツリと呟いた。それは深い海の底にその言葉を沈めてしまいたい、そんな響きだった。

「私の旦那の今の彼女って」

そう言って由希子は唇を噛んだ。

そしてこう続けた。

「伊都子なのよ」と。

僕はその言葉が光すらも届かない海の遥《はる》か底に沈んでいってくれることを祈った。それ以外に僕にできることは何もなかった。

「さよなら」と由希子はちょっと寂しそうな微笑みを作った。

「とても楽しかったわ」

そう言うと由希子は綾ちゃんの手を引いて新宿駅の方向へと歩き出した。やがて、その姿は完全に人の波の中へと埋没してしまった。

＊

残された僕はどうしようもなくなってしばらくその場にしゃがみこんだ。綾ちゃんの水槽の将来を思った。右へ右へと突き進み、戻ることができずに怯《おび》えている由希子のことを思った。今でも僕に守られていると感じることがあるという由希子の言葉が頭の中を駆け回った。由希子はいつからか自分を取り囲んでしまっている生態系の中で蠢《うごめ》いていて、それが彼女にとってどんなにつらい環境だったとしても、水槽を作り直すように簡単にやり直すわけにはいかないのだ。僕と別れた後も伊都子と付き合い続けた由希子。そして、またしても旦那を寝取られて、荒れ果てて五十嵐みたいな奴とラブホテルの玄関を潜る由希子。何もかもがどうしようもないことなのだろうか。

渡辺さんが死に、狂い始めた生態系を甘受するように由希子は生きてきた。いや、そうではなくて受け入れ続けていたかったのかもしれない。いや、そうじゃないそうじゃなくて、あの清らかな生態系を崩したのは僕と伊都子じゃなかったのか。だからこそ、その水の中に今でもいるからこそ、由希子はまた伊都子に裏切られてしまう。僕が崩してしまった生態系の中で、今でも由希子はあえぎながら泳いでいるというのか。でも、こうも言える。由希子と僕がそもそも知り合ったのは伊都子に彼氏を寝取られて泣いているときだった。ということは僕と出会う前から、由希子は同じ生態系の中にいたといえなくもない。そこまで考えて、僕の考えるという機能は停止した。

「たいていの女の子の幸せは」という由希子の遠い日の甲高い叫び声が耳に甦ってきた。

「ボーカルの女の子の方なのよ」

夕暮れの歌舞伎町は落ちていくけだるい夕日が立ち並ぶビルの窓に乱反射して、その光に抵抗するかのようにおびただしい数のネオンがぼんやりと灯《とも》り始め、何ともいえない幻想的な空間を作り始めていた。それは巨大な宇宙ステーションのようでもあり、作り物だらけの遊園地の夜景のようでもあった。この街が唯一切ない表情を見せるほんのわずかな時間帯だ。

僕はぼんやりとあれほどにごった返していた人たちが薄暮の中に吸い込まれ、やがて主役の座をネオンの光に奪われていく様を眺めていた。

この街のすみからすみまで、取材記者とカメラマンを連れて駆けずりまわった十九年。無我夢中でこの宇宙を横切り続けた日々。

「山崎、何でもいい、何でもいいからとにかく自分を信じろ。思い通りに生きろ。自分の能力だけを信じて思い通りに好き勝手に」と言ったまま北のどす黒い海の底へ消えていったナベさん。今の自分が、その言葉の通りに生きているといえるのだろうか。

来週にも文人出版に辞表を出そう。そう決心した。五十嵐の奴、きっと飛びあがって驚くぞ。何しろ沢井さんが倒れてからというもの、あいつろくに仕事もしないで、何から何まで僕に頼りっきりだったからな。まあ、ショックでまた本を一冊読むかもしれない。

それから森本に会いに神戸に行こう。あいつとももう何年も会っていない。何の役にもたたないかもしれないけれど、森本の背後に横たわる闇《やみ》を一緒に見つめてやろう。それくらいはできるはずだ。その後のことはわからないけれど、たとえば一本でもいいから傘を自由化する、そういうことをしながら生きていこう。

七海の声を無性に聞きたくなって、よろよろと立ち上がり公衆電話を探して回った。伝えたいことが何かあるわけではなかった。ただ僕が知っている三つの海と、そして僕が知らない四つの海のさざなみの音を聞いてみたくなったのだ。

ただこれだけは聞いてみよう。

七海、もし僕が九十九歳まで生きられなくても許してくれる？

その後も変わらずに七海らしく生きていってくれるかい？

＊

新宿駅を目指して僕は歩き始めた。人込みをかき分けるように地下通路を抜けて、息を切らして中央線のホームに上がった。ホームを歩いているとき、初めて今日は日曜日で快速電車が西荻窪駅に停車しない日であることに気がついた。

まあ、いいやと思った。

今更また階段を降りて総武線のホームまで戻る気力は残っていなかった。

喫煙所に立って煙草を吸いながらぼんやりしていると、向かい側のホームから由希子と綾ちゃんの姿が目に飛び込んできた。僕は中央線下りの十番ホームにいて、由希子たちは千葉方面行き十一番線の総武線のホームにいた。

綾ちゃんは水槽セットを大切そうに両腕で抱え、由希子はそっとその背中に手をあてていた。

由希子の着る淡いレモン色のワンピースを見て僕は初めて思った。そういえば初めて出会ったときも、僕の部屋に訪ねてきてくれたときも、そして喫茶店で会った最後の日にも、いつも同じような色のワンピースを着ていたなと。それからこうも思った、今そのことに初めて気がついたように、年月とともに失っていくものがあるのと同時に、それとともに生まれてくる感覚だってあるのではないだろうか。

やがて由希子も僕に気づき、遠くを見つめるような目でこちらを見た。

僕は煙草の火を消して、小さく手を振った。

由希子は綾ちゃんに気がつかれないように、小さく指を振った。

もしもこの愛が本当に本物ならば、この世界のどこかできっとまた巡り合うはずだ、と由希子は僕に書いた。それが今日なのだろうか。

「さよなら」と僕は口を動かした。それは十九年間、由希子に言いそびれていた言葉だった。

「さよなら、由希子。君はきっとさよならをするために今日ここまできてくれたんだね」

と僕は胸の中で呟いた。

「もう二度と君と会うことはないのかもしれない」

「さよなら」と由希子の唇もそう動いたように思えた。

「でもね」と僕は呟いた。

でもね、僕はこれからもずっと君とともにいる。それが僕たちが巡りあい、ともに時間を過した本当の意味のような気がするんだ。僕は君と別れて、別々の時間を過してきたしこれからもずっとそうなのだろう。それは多くの若い恋人たちと同じように、あっけない出会いとあっけない別れだったかもしれないし、長い人生の時間からくらべれば北国の夏のように短い時間だったのかもしれない。でもね、僕は思うんだ。僕の心の奥深くには湖のような場所があって、周りは猛獣だらけでやぶ蚊がブンブン飛んでいるかもしれないけれど、そこには君と過した時間の記憶が沈んでいるんだ。それはテーブルの上に灰皿が在るように確かに在るんだ。だから、僕は君とともにいるし、これからも君は僕に色々な影響を与え続けるのだろう。二人は別れることはできないんだ。

風がホームを通りぬけ、線路を越えて十一番線へと渡っていった。その風を受けて由希子の長い髪がフワッと一瞬、宙に舞った。

そんなことを少しも気にせずに由希子は細く白い指を小さく振り続けた。僕が見ている間中いつまでもいつまでも。

やがて十番線にはオレンジ色の電車が、そして十一番線には黄色い電車がほぼ同時に滑り込んできて、僕たちは完全に遮断された。

「方向音痴君」という遠い日の由希子の叫び声が、呑気《のんき》に揺れる季節はずれのタンポポの黄色が鮮やかに蘇ってきた。

でも、僕は知っていた。たとえここで電車を乗り過したとしても、もう昔のように十一番線に由希子の姿はないであろうことを。

それでも僕は一本電車をやり過すべきなのだろうか。

そう思った瞬間、突然に白い犬が僕の頭の中に現れ、回り始めた。

尻尾《しっぽ》の千切れた犬は、あっという間にスピードを速め独楽《こま》のようにクルクルと回った。

目を閉じると闇の中に、白い犬が回る軌跡の残像だけが鮮やかに浮かび上がった。

それは切ないほどに同じ場所を回り、それ以上はどこにも行き場のない、かといって果てることもない円を描き続けていた。

大崎善生（おおさき よしお）
1957年札幌市生まれ。
2000年『聖の青春』でデビュー。同作は第13回新潮学芸賞を受賞し、TBSでドラマ化されるなど、10万部を超えるベストセラーに。2001年、第２作『将棋の子』で第23回講談社ノンフィクション賞を受賞。

パイロットフィッシュ

平成13年10月10日　初版発行
平成14年３月25日　五版発行

著　者●大崎善生《おおさきよしお》
発行者●角川歴彦
発行所●株式会社角川書店
東京都千代田区富士見2-13-3
〒102-8177　振替/00130-9-195208
電話/営業部　03-3238-8521
　　/編集部　03-3238-8555

印刷所●旭印刷株式会社
製本所●株式会社鈴木製本所

落丁・乱丁本は小社営業部受注センター読者係宛にお送りください。
送料は小社負担でお取り替えいたします。

Printed in Japan　ISBN4-04-873328-1 C0093